Isso é prazer

A dificuldade
de seguir as regras

FÓSFORO

MARY GAITSKILL

Isso é prazer

tradução
BRUNA BEBER

Seguido de

A dificuldade de seguir as regras

Date rape, cultura da vítima e responsabilidade individual

tradução
BRUNA BEBER

Isso é prazer

M.

Conhecia Quin há uns cinco anos quando ele me contou a história — não chega a ser uma história, é mais uma anedota — sobre uma mulher que ele conheceu na rua. Quin acreditava ser capaz de perceber a essência das pessoas só de olhar para elas; do mesmo modo, acreditava saber o que elas mais desejavam ouvir, ou melhor, a forma como reagiriam a certas interpelações. Envaidecia-se um pouco dessas supostas habilidades especiais, e assim começava a história. Ele avistou uma mulher que aparentava melancolia, uma "antiga beldade", nas palavras dele, caminhando sozinha no Central Park, e disse a ela: "Você, a gentileza em pessoa".

Ao que ela respondeu, "Mas que sujeito perspicaz!". Depois de alguns minutos de conversa, ele a convidou para tomar um chá. Ela aceitou. Ele não deu mais detalhes sobre ela, ressaltando apenas que era uma mulher de meia-idade inegavelmente solitária; que ela nunca tinha se casado, trabalhava com relações públicas, não tinha filhos. Mesmo sem uma descrição visual, consegui imaginá-la com nitidez: antebraços esbeltos, mãos compridas, o contorno das bochechas emanando um brilho tênue ao inclinar-se de leve na direção dele, a mente acelerada pelo surgimento imprevisto daquele homem esquisito. O corpo dele também se inclinara na direção dela. Quin *absorvia* as pessoas.

Trocaram telefones. Eu perguntei se ele havia dito a ela que estava prestes a se casar e ele respondeu que não, não tinha dito nada. Ele não pretendia ligar para ela. Bastava-lhe sentir a atração em potencial, arquivada como um vídeo feito com o celular de algo que já acontecera. "Ela ia gostar de sentir uma dorzinha, mas de leve. Parecia preferir carinho. Poderia levar umas palmadas com, sei lá, uma raquete de pingue-pongue, talvez? Em seguida tocaria o clitóris dela. *Isso é prazer.*" Ele fez um silêncio breve. "*E isso é dor.*"

Quando contei essa história para meu marido, ele caiu na gargalhada. Nós dois caímos. Durante anos, do nada, um de nós papagueava "Isso é prazer" — meu marido fazia uma cara de safado e beliscava o ar. "E isso é dor!" E nós dois morríamos de rir. A coisa toda era vagamente sádica — tão vaga que chegava a ser ridícula; mas não fazia mal a ninguém.

"Ela ia acabar saindo no prejuízo", disse Quin. "É uma mulher de cabeça aberta, mas sensível. E eu estou noivo de uma mulher bem mais jovem, então ela ficaria em maus lençóis."

"Talvez ela só quisesse viver a experiência", eu disse, "para espantar a solidão".

Lamento informar que foi exatamente o que eu disse. Mas achava mesmo que pudesse ser verdade.

Enfim conversaram por telefone; ela ligou para ele. Quin contou sobre o noivado. Disse a ela que deveria considerá-lo uma espécie de anjo da guarda, que zelaria por sua vida psíquica. E esse detalhe aprofundou a graça que eu degustava com meu marido. Também contribuiu para o sadismo secreto. Eu ri, mas pensei: será que a tal mulher sabia, ou intuía, que estava sendo manipulada? Será que ela sacou que havia alguma coisa errada naquele encontro, assim como se percebe um fio de cabelo misterioso colado na bochecha? Por que eu via tanta graça nisso? Quando olho para trás, acho insólito. Porque não sinto vontade de rir. Me dói. Dói no coração. Uma dor sutil. Mas real.

Q.

Voltei ao escritório pela última vez tarde da noite. Eu não tinha permissão para entrar em horário comercial, nem tinha essa intenção; teria sido desagradável. O editor-chefe havia instruído o segurança para que me deixasse entrar e me acompanhasse na saída. As caixas já tinham sido empacotadas e despachadas; antes disso, minha esposa havia recuperado um envelope com dinheiro para situações emergenciais que eu deixara em uma gaveta da mesa. Nem *ela* queria colocar os pés ali; o único editor-adjunto solidário teve a bondade de encontrá-la em um estande dentro do metrô para entregar o envelope — um detalhe que serve apenas para enfatizar a grande repulsa que Carolina sente em relação a tudo que remete à minha antiga vida profissional.

De todo jeito, eu quis voltar pela última vez para resgatar uma orquídea que sobrevivera meses sendo mal regada e para me certificar se não tinha esquecido alguma coisinha. E tinha, *duas* coisas, na verdade — embora não fossem coisinhas, nem eu quem as esquecera.

A primeira delas era a placa com meu nome, estranhamente ainda fixada na parede ao lado da porta da minha sala, anunciando com consideração a presença do agora ausente Quinlan M. Saunders. Parecia uma piada de mau gosto, e foi sobretudo aquele "M" pontiagudo e talvez arrogante o que mais me incomodou quando entrei naquela que um dia fora minha sala — onde a segunda surpresa me aguardava sobre a mesa: um maço de cigarro tipo box, a ilustração original coberta pela imagem de uma maçã vermelhíssima sobre o fundo branco, e, do outro lado, as palavras "cotidiano = escolhas", centralizadas como se fossem a marca do cigarro, em rosa e vermelho. Ao abrir o maço, não havia cigarros, mas cinco canudinhos de papel dispostos em simetria meticulosa. Ao desenrolá-los, lia-se, em fonte preta, "feiura ou beleza", "verdade ou mentira", "medo ou coragem", "bondade ou crueldade", "amor ou ____". Havia uma lacuna para a última palavra do último rolinho. Nem precisei olhar; lembrava daquilo com uma ternura dolorida — semelhante a um médico que nos aperta o abdômen e pergunta, "E aqui, dói?".

Anos antes, eu tinha manufaturado esse objeto para uma garota que ainda trabalha numa das salas em frente à minha. Uma garota comum, cabelinhos castanhos, brilho nos olhos, um tom de pele bonito. Ela tinha a cintura grossa, mas flexível, como uma camponesa —

ao mesmo tempo confiante e humilde — e uma elegância discreta, superior à da maioria das mulheres muito bonitas. Seus olhos recebiam o mundo com uma agudeza passiva e lampejos ocasionais de humor suave. Ela era inteligente, mais do que pensava ser, e eu queria que ela aprendesse a usar sua inteligência com mais assertividade.

O maço de cigarro surgira de um papo de corredor que tivemos sobre escolhas e oportunidades. Foram tardes e tardes sentado à mesa, em momentos de ócio criativo, compondo a estrutura desse paparico. É inusitado e comovente lembrar do cuidado que dediquei a ele, a sofisticação e a criancice, o tanto de tempo gasto pensando nesse objeto nas mãos dela. Convidei-a para almoçar só para entregar o presente e é claro que fiz a coisa certa: avistá-lo fez iluminar não apenas seus olhos, mas todo seu rosto, e naquele instante passei a ser um mago para ela, aquele que havia lhe dado um objeto encantado. E como se eu *fosse* esse mago, ela me ouviu falar sobre ela mesma: seu jeito, suas necessidades, os aspectos que precisava corrigir. "Aqui começa nossa jornada" — eu disse, e lá fomos nós.

No fim, ela havia despertado para sua ambição, e aprendido a satisfazê-la. Conforme o tempo foi passando, apareceram outras garotas que eu gostava mais de paquerar. Mas durante anos — quase dez anos — mantive a chama de nossa amizade com elogios diários e almoços esporádicos. Ainda tenho um bilhete dela escrito à mão que diz que nossos almoços eram o "auge" da sua semana.

Agora devolvera meu presente, não para mim, mas para uma sala vazia. Agora ela era uma das minhas acusadoras.

Ao sair, joguei o maço num cesto de lixo, mas como não queria deixar a prova de um sentimento tão amargo para trás, dei meia-volta para reavê-lo. Pretendia jogá-lo numa lixeira de rua. Mas em vez disso levei o objeto para casa e guardei numa gaveta onde Carolina não o encontraria.

M.

Conheci Quin quando ele me entrevistou para um cargo de editora assistente, há mais de vinte anos. Aos trinta e cinco, eu estava um pouco velha para o cargo; vinha de uma revista do East Village venerada por sua extravagância, e talvez tenha demorado a perceber que esses detalhes se anulavam. Além do mais, pagavam mal, e eu estava ansiosa para arrumar um trabalho melhor. Já tinha ouvido falar de Quin. Sabia que ele era inglês, que era rico de berço (pai banqueiro, mãe nas instituições de caridade), e que era excêntrico. Apesar disso, sua aparência me surpreendeu. Estava na faixa dos quarenta, mas tinha a compleição e a silhueta de um menino elegante. Tinha um cabelão castanho caído sobre a testa num estilo juvenil que lhe parecia muito natural. Usava roupas requintadas — peças simples, cores neutras, mas bem cortadas, macias, muito bem compostas, nada que chamasse a atenção exceto o lenço comprido de seda que ele usava, quase sempre, em volta do pescoço. Mesmo não sendo bonito, deixava uma inesperada impressão de beleza — até que projetava de leve o queixo, com os lábios entreabertos de modo que revelavam os dentes inferiores, e seu rosto estreito tornava-se um tanto predatório, lembrando um inseto, uma criaturinha de mandíbula grande.

A entrevista foi esquisita, também, cheia de impertinências e logo inesperadamente mordaz. Ele me fez inúmeras perguntas que pareciam irrelevantes e pessoais, e uma delas foi se eu tinha namorado. Ele disse meu nome mais vezes do que o necessário, e numa entonação estranhamente íntima que, combinada ao sotaque britânico, soava não apenas precisa, mas *apropriada*. O caráter *apropriado* era um tanto confuso: quando ele me interrompeu para dizer "Margot? Margot, não acho que sua voz seja seu grande atrativo. Qual é o seu grande atrativo?", eu estava tão desconcertada e insegura que não sabia se devia ficar ou não ofendida. Não me lembro da resposta, mas sei que respondi de forma abrupta e estúpida, e a entrevista terminou.

Acabei conseguindo outro emprego, um emprego melhor, mas toda vez que o nome de Quin aparecia numa conversa, e aparecia com frequência — ele tinha uma reputação notável mas difusa, como se as pessoas não soubessem ao certo o que pensar sobre ele, apesar de estar no mercado há bastante tempo —, eu me lembrava com nitidez da voz dele e do meu desconcerto e me perguntava por que ainda guardava essa sensação. Aí, uns dois anos depois, eu o reencontrei numa feira de livros em Washington D.C. Fui parar numa espécie de salão alugado e cheio de frescura e o vi posando para uma foto com duas jovens elegantes, apoiadas uma em cada ombro dele, fazendo caretas e gestos de gângsteres. Ele olhava para a câmera, não para mim, mas assim que a foto foi tirada, pediu licença e veio me cumprimentar. Tinha uma voz diferente — cheia de boa vontade e sem constrangimento, e tão efusiva que achei que ele estivesse bêbado, mas não estava. Ele disse que estava contente com meu sucesso, e, quando perguntei como ele sabia que eu estava me saindo bem, ele disse que tinha ouvido falar.

"Você comprou um livro que eu queria num leilão, só uma pessoa confiante escolheria aquele livro, e sei que você sabe de qual estou falando."

E mesmo se não tivesse ouvido falar, prosseguiu ele, seria capaz de adivinhar só de olhar para mim. O salão foi inundado pelo burburinho das celebridades; em algum lugar nos fundos, uma mesa com bolo, garrafas e flores. As garotas gângsteres gesticulavam e sorriam umas para as outras com muita excitação. Tudo parecia coberto de bênçãos.

De volta a Nova York, nos encontramos num restaurante que no passado havia sido um ponto de encontro da nata artística, mas agora era frequentado sobretudo por turistas e empresários. Nós nos sentamos em sofás estofados; Quin disse ao garçom que gostaria de se sentar ao meu lado, para que pudéssemos conversar mais à vontade, e lá estava ele, em seu cenário habitual. Tenho certeza de que ele não disse essa frase de cara, mas é como ficou na minha memória:

"Sua voz está mais forte! Você está mais forte! Sua voz vem direto do seu clitóris!" E — como se fosse o gesto mais natural do mundo — enfiou a mão entre as minhas pernas. "NÃO!", retruquei, e enfiei a mão na cara dele, com a palma para fora, como um guarda de trânsito. Eu sabia que isso o faria parar. Até um cavalo *costuma* obedecer a uma mão aberta em sua fuça, e um cavalo pesa quase quinhentos quilos a mais que um ser humano. Aparentando certa surpresa, Quin se recostou e disse: "Gosto da força e da assertividade do seu 'não'". "Ótimo", respondi.

Pedimos os pratos. Conversamos sobre comida. E mais uma vez ele elogiou o romance que eu arrematei, que foi rejeitado por todas as grandes editoras, incluindo a dele, com a justificativa de que era misógino (mas é claro que *nós* não dissemos essa palavra). Ele fez pareceres sobre as outras pessoas que estavam no salão, imaginando o que faziam da vida ou se eram ou não felizes. Eu senti uma fascinação relutante, tanto pelos detalhes de suas especulações quanto pela precisão que aparentavam ter. Ele deu atenção especial a um japonês parrudo que comia sozinho e com voracidade, orgulhoso por estar sentado de pernas abertas, comendo com uma das mãos, e a outra empunhada sobre a coxa; Quin disse que dentre todas as pessoas no salão (além de mim), esse homem era com quem mais gostaria de conversar, porque parecia ser capaz de "grandes feitos". Mas do que mais me lembro dessa noite é a expressão durante o tempo em que afastava o rosto da minha mão, suspensa no ar, a admirada obediência que parecia ter algum *fundamento*, mais genuína do que sua mão entre minhas pernas segundos antes.

Também me lembro de um breve momento depois do jantar. Ele me acompanhou a pé até minha casa e nos despedimos com tanto afeto que um jovem que passava na hora sorriu, como se comovido por aquele namorico de meia-idade. Eu entrei no prédio e, enquanto subia as escadas, me dei conta de que precisava comprar leite. Fui ao mercadinho da esquina. Ao pegar o leite na geladeira, olhei para o lado e vi um homem esquisito no final do corredor, ele futucava o nariz com um lenço comprido, e com a outra mão vasculhava uma prateleira. Estava muito curvado, como se expusesse uma constrição emocional. Fiquei muito surpresa ao perceber que era Quin — a postura era o extremo oposto da elegância que eu tinha testemunhado a noite toda. Estava tão concentrado que não me viu, e achei por bem ir embora sem comprar leite, para não deixar que ele se desse conta de que eu — como assim? — o tinha visto futucando o nariz.

No dia seguinte, ele me mandou flores e teve início nossa amizade.

Q.

Contei para Margot e contei para meu irmão; não contei para minha esposa. Não no primeiro momento. Eu ainda tinha esperança de que seria coisa passageira, ou que ao menos se resolveria em segredo, e minha esperança tinha razão de ser. No começo, o processo não era contra mim, mas contra a editora, e tudo que ela queria era uma remuneração em dinheiro, que a empresa estava disposta a dar — desde que ela ficasse quieta sobre suas reclamações. As queixas eram insignificantes, despropositadas — e isto significava, conforme apontou Margot, que seria quase impossível não falar sobre elas. "Como pode saber?", perguntou Margot. "Como pode saber o que ela fala por aí nos lançamentos? Onde mais ela falaria sobre isso? No caso de estupro é diferente, mas ela não vai procurar a imprensa para denunciar uma coisa bizarra que você disse anos atrás."

Margot estava enganada. Enquanto ela falava, já tive essa impressão. Mas observando-a falar, do alto de seu senso de realidade, argumentando com segurança enquanto temperava com uma montanha de sal algo que estava comendo, me senti reconfortado. Senti que ela me amava. Embora *ela* estivesse com raiva de mim também. Ela aproveitou a oportunidade para falar sobre a raiva que sentia, há anos.

"Você trata as pessoas como brinquedo", disse. "Você faz gracinha e provoca só para ver até onde elas aguentam. Você enfia o dedo na ferida. Você se regozija com a dor. Em termos legais, não parece que essa garota tem razão, mas, honestamente, eu compreendo o fato de ela estar puta da vida. Você não encostou nela, encostou? Digo, sexualmente?"

Eu não tinha encostado. Às vezes no ombro, ou passava a mão na cintura. Talvez no joelho ou nos quadris. Afeto. Não sexo. "Só não quero que Carolina descubra", eu disse. "Ela abomina opressão masculina. Abomina."

E Margot deu risada. *Deu risada.* "É sério que você acabou de falar isso?", disse ela. "Logo *você*?"

Respondi: "Só estou preocupado com minha mulher".

Ela fechou a cara e disse: "Se não teve sexo, você não tem com que se preocupar".

"Mas pode ser armado para parecer sexual. Ou sei lá... ela diz que gastou os tubos com meses de terapia."

Margot riu novamente, agora com malícia — não sei de quem.

"Eu gostaria que você não comentasse sobre isso", falei. "Com ninguém. Nem com o Todd."

"Não vou comentar nada. Não se preocupe."

M.

Eu não comentei com muitas pessoas que ele tinha enfiado a mão entre minhas pernas. Quando passei a fazê-lo, contava uma história engraçada e as pessoas quase sempre riam. Até que uma vez, alguém que não lembro, disse: "Por que você quer ser amiga de um cara desse?". E eu respondi algo como, "Ah, ele foi insistente e pode ser um cara muito divertido". Era verdade. Mas não foi por isso que passei a sentir por ele um amor de amigo.

Durante meses, nossa amizade foi quase unilateral, composta de e-mails curtos e fúteis enviados por ele, convites profissionais e telefonemas para "trocar figurinhas". Eu não tomei nenhuma iniciativa até três meses depois daquele jantar, e a ocasião não teve nada de frívola. Meu namorado tinha me trocado por uma garota na faixa dos vinte, minha chefe foi demitida por publicar um livro de memórias que ela sabia se tratar de uma fraude, e meu prédio ia virar uma cooperativa e eu não tinha grana pra isso. Eu estava tentando chegar à terapia quando o metrô deu gemidos entrecortados, então parou, ficou sem luz, começou a esquentar, e por fim pifou completamente. Todo mundo preso, tossindo, andando de um lado a outro e resmungando naquele bafo do apagão por quase meia hora antes do trem ressuscitar e se arrastar até a estação seguinte, onde fomos libertados e debandamos escada acima para lutar por táxis. Eu perdi a batalha, e aquela perda foi a gota d'água. Liguei para minha terapeuta e cancelei a consulta, depois para uma amiga, que, incrédula ao me ouvir soluçar no telefone por ter perdido a terapia durante o horário comercial, disse "Tô ocupada!" e desligou.

Uma situação estressante do começo ao fim, mas não o bastante para justificar como eu me sentia — como se alguém tivesse aberto um alçapão e eu tivesse caído num caos escaldante, me agarrando em apoios que se soltavam nas minhas mãos, imergindo e me transfigurando em irracionalidade pura, num receptáculo de medo e dor. Aterrorizada com a visão de pessoas andando de um lado para o outro com energia e determinação, sentei-me na calçada e encostei a cabeça na parede do prédio mais próximo. Fiquei ali sentada por alguns instantes, esperando meu coração se acalmar, e nessa hora pensei em Quin. Não sei por quê. E quando meu coração já estava quase desacelerado, liguei para ele. Ele atendeu de pronto, todo contente. Não me lembro da conversa inteira, mas me lembro de dizer que estava fudida e mal paga e que "todo mundo" sabia disso. "Todo mundo quem?", perguntou Quin. "As pessoas", respondi, "as pessoas que eu conheço." "E de onde você tirou isso?", perguntou ele. "Elas disseram alguma coisa para você?" "Não", respondi, "ninguém falou nada. Mas eu sei. Se sei." Quando Quin retomou o diálogo, expôs uma sensibilidade impensada. "Não sei quem são essas pessoas", disse ele, "nem por que você se importa com a opinião delas. E você não tem nada de fudida. Você é adorável." E, como num passe de mágica, a queda cessou. O mundo e todos os seus transeuntes eram reconhecíveis de novo. De tão agradecida, fiquei muda. "Esquece o metrô", disse ele. "Pegue um táxi até o meu escritório. Vou te esperar lá embaixo. A gente sai pra tomar um chá." E lá fomos nós. Não houve assédio nem papo sobre sexo. Tomamos o chá e ele me ouviu desabafar e sustentou meu olhar com olhos cândidos e atentos.

Q.

Se as pessoas chegassem a ver os e-mails trocados entre mim e minhas acusadoras, creio que ficariam muito espantadas. Minha mulher não se cansa de dizer o quanto eu fui "burro" ao enviar e-mails pessoais com conotação de flerte de uma conta corporativa. Ela nunca envia *qualquer* mensagem pessoal do servidor da empresa, não importa o nível de platonismo. Mas, embora eu evite discutir sobre isso com ela, acho que esses e-mails são a minha salvação, até os que são um pouco mais picantes. Porque demonstram reciprocidade, prazer e até gratidão — resumindo, demonstram amizade.

Caitlin Robinson foi minha amiga por onze anos. É claro que, durante um tempo, era só uma funcionária. Também era, em certo sentido, minha protegida. Mas, por essência, uma amiga. Frequentava as festas que eu dava em casa. Conheceu minha mulher e minha filha.

Quando Caitlin Robinson começou a trabalhar para nós, tinha vinte e quatro anos e era uma jovem comum, séria, que usava um corte de cabelo sem graça (loiro encardido) e tinha um jeitão assexuado que me fazia provocá-la. Eu sentia que ela se irritava com as brincadeiras, mas era boa-praça, e eu passei a gostar dela por isso. E ela devia sentir meu apreço, porque meses depois já estava me provocando, me chamava de "bicha hétero", "almofadinha" e "cuzão" — uma descarada! Demonstrava uma ousadia surpreendente e, quando de passagem me lançava esses *ultrajes* fofos, sua bunda quadrada parecia um pouco mais arredondada.

E ela sabia que eu tinha razão. Quando enfim resolveu dar um jeito naquele cabelo, me perguntou, "O que *você* acha que ficaria melhor?". Perguntou num tom de provocação, mas eu percebi que era uma pergunta séria, então respondi. Ela aceitou minha sugestão e ganhou pelo menos três pontos no quesito aparência. E certamente foi por isso que, quando me ofereci para acompanhá-la num banho de loja, ela aceitou *superanimada*.

Não fomos a nenhum lugar caro, ela não ganhava o suficiente no cargo de assistente, e, de todo modo, prefiro o charme das lojas populares, às vezes até nas compras que faço para mim. Sou um caçador de pechinchas, e descobri que ela também era. Longe do escritório, enquanto ela vasculhava as prateleiras e os cabides de liquidação, sua força interna era acionada, e eu podia sentir seu motor. Era uma garota muito ambiciosa, tão vaidosa e prática que chegava a ser sórdido: a sordidez era sua sensualidade. "Que tal?", perguntava e perguntava de novo sobre uma camiseta apertada ou saia lápis, e eu dizia, "dá uma voltinha para eu ver". Dava para ver nos olhos dela como se divertia ao examinar minhas reações e captar as deixas; também se satisfazia com as opiniões que passou a expressar. Isso aconteceu há muito tempo, então não posso afirmar que me lembro delas (exceto que ela amava episódios antigos de *Ally McBeal*, e sabia de cor alguns diálogos mais sexuais), mas lembro do gosto que deixavam na boca. Ela contava do homem que estava namorando. Eu contava da corte que fiz à Carolina, do nosso casamento. Tempos depois, enviei-lhe um e-mail que dizia, "Você + eu = elixir mágico!". E ela respondeu "Delícia!".

M.

Desenvolvemos um ritual espirituoso, Quin e eu. Tenho certo medo de voar e passei por um longo período de medo *extremo*. Foi nessa época que comecei a ligar para Quin toda vez que entrava em um avião. Eu perguntava se ele achava que seria um bom voo, e ele dizia: "Deixe-me tentar captar". Fazia uma pausa curta, às vezes longa. Então respondia: "Vai dar tudo certo, Margot!" ou "Eu *acho* que vai dar tudo certo". Quando eu não conseguia falar com ele, deixava um recado na caixa postal, e ele quase sempre retornava antes do avião decolar. Nas raras ocasiões em que não retornou, eu recebia, ao pousar, uma mensagem de voz me tranquilizando: "Você está segura, querida. Ligue quando pousar". Numa das vezes que não consegui falar com ele, liguei para o Todd, o homem com quem me casei. Quin ficou possesso. "Você ligou para *ele*? Ele não entende nada de aviões!"

Era do que ele mais gostava: aconselhar sobre coisas estranhas, ínfimas, pequenas coisas que por algum mistério comovem o coração das pessoas, e, às vezes, causam dor. Eu podia ligar para ele a qualquer hora, e, quando era possível, ele largava o que estava fazendo para me dar conselhos sobre coisas do tipo: confrontar ou não um amigo sobre algo que me incomodava; usar ou não determinada maquiagem em tal festa; se certa amizade do meu marido era um indicativo de que ele me traía. Essas conversas eram sempre curtas, pois os conselhos de Quin eram imediatos, confiantes e amplamente filosóficos.

Eu não era a única pessoa que tinha esse tipo de relação com ele. Quando o encontrava num restaurante, lá estava ele terminando uma ligação com uma mulher aos prantos que tinha descoberto a traição do marido. Íamos ao teatro, e ele comentava que uma garota estava mandando mensagens para saber sua opinião sobre algo que o paquera dela tinha dito. Uma vez fui à sala dele e o encontrei rodeado de garotas, sendo que uma delas não parava de chorar, "Ah, Quin, me sinto tão humilhada!". E o vi aconselhá-la na frente de todo mundo. Exatamente *o que* ele aconselhou não me lembro. Mas me lembro da sofreguidão desavergonhada do choro, da placidez das outras mulheres, da força na voz de Quin, da sala inundada pelo sol, como se fosse um santuário onde todos os impasses podem ser desabafados e resolvidos.

Antes de a merda ser jogada no ventilador, quando eu ficava com raiva de Quin, às vezes olhava para trás e me lembrava daquele momento de franqueza, da luz do sol, das emoções desavergonhadas. Eu me lembrava também da diversão esquisita de nossos papos sobre sexo, dele me convencendo a contar o que já tinha feito e o que gostava de fazer, e eu sempre saindo pela tangente, mas às vezes, por algum motivo, jogando a toalha. Por exemplo, durante uma viagem de trem longuíssima e sacal, ele me perguntou se, no sexo oral, tinha diferença entre quem fazia primeiro e por quê. O papo acabou se transformando numa conversa mais profunda do que o esperado, e, embora eu estivesse atenta ao meu palavreado, do nada, uma mulher mais velha e malvestida se virou da poltrona e abriu um sorrisão para mim. Eu me lembro de falar com Quin por telefone antes de uma festa em seu apartamento chique no Central Park, onde eu ia encontrar pela primeira vez sua esposa fashionista e os amigos ricos deles. Eu não sabia direito o que vestir e ele me disse: "Qualquer roupa que você escolher estará perfeita. Está indo na casa de uma pessoa que ama você". Lembrei de uma vez que ele comentou sobre sua filha, Lucia, que aos seis anos já fazia desenhos belíssimos para a idade e escrevera poemas que causaram espanto até mesmo na escola para superdotados em que estudava. Estávamos num táxi, e no meio de uma conversa ele perguntou se poderia colocar a cabeça no meu colo. Eu disse "Ok", ele se deitou e disse "Não são muitas as pessoas com quem me sinto à vontade para fazer isso". O contexto não era sexual. Eu não fiz carinho na cabeça dele nem nada. Ele se deitou no banco, pousou a nuca na minha coxa e recitou alguns versos da filha. Foi bom.

Houve outros momentos como esse, sem esquecer todo apoio profissional e emocional que ele deu a mim e até mesmo ao Carter, meu sobrinho órfão e deprimido de doze anos de idade, de Albany. Durante uma visita particularmente difícil do garoto — eu era solteira na época, e não sabia o que fazer com um moleque raivoso de doze anos —, Quin baixou na minha casa por conta própria, tomou o controle da situação, e levou o garoto para fazer uma visita inspirada à sala de Armas & Armaduras do Metropolitan Museum, com direito a uma passagem subsequente num fliperama. "Ele é *legal*", disse Carter.

Ao me lembrar dessas coisas, me perguntava: "*Por que estou com tanta raiva?*".

Isso foi antes. *Depois* de a merda ser jogada no ventilador, voltei mais uma vez àquele momento do santuário em sua sala e fiz uma consideração: mais da metade das mulheres que estavam presentes ali assinaram a petição que circulava por todos os cantos da internet, deram entrevistas, exigiram a demissão de Quin, pediram indenização, ameaçaram boicotar qualquer empresa que ousasse contratá-lo. Elas também estavam com raiva.

Q.

É verdade que gosto de me gabar e gosto de provocar as pessoas. E Margot, embora tenha a cabeça aberta no que diz respeito à sexualidade, também tem uma certa severidade moral. Lembro-me de provocar a Margot ao dizer que tinha convencido uma mulher que acabara de conhecer numa escala em Houston a me contar o que se passava em sua cabeça enquanto se masturbava. Um silêncio cômico emanou do outro lado da linha e em seguida: "Ela não enfiou a mão na sua cara?".

"Não", respondi com satisfação. "Fui muito educado. Fiz tudo aos poucos. Estava prestes a entrar no voo, tivemos uma conversa agradável, ela abriu o jogo comigo. Foi aquela coisa, estranhos num trem, nunca mais nos veríamos, então..."

"Continuo não entendendo como ela não te deu um bofetão."

"Eu sei dizer o porquê. Era uma mulher alta, imensa. Casada com um jogador profissional de futebol — ela que me disse. Sou muitos centímetros menor que ela, magro que nem um louva-a-deus, um tampinha. Eu não representava qualquer ameaça para ela."

Margot ficou em silêncio; notei que essa provocação ridícula que fiz tinha afetado sua moral particular. Também notei que estava curiosa.

"E as pessoas em geral, quando são sinceras, adoram responder a esse tipo de pergunta. Basta ter jeito e fazer as perguntas certas."

"Ela contou afinal?"

"Contou. Contou tudo."

Caitlin também gostava de provocar; fazia parte da nossa relação. Prefiro não falar de mim; em geral, não é necessário. A maioria das pessoas é ávida por perguntas reveladoras, e adora a oportunidade de desbravar seus próprios pensamentos. Sobretudo as mulheres jovens, de quem se espera que deem toda atenção a qualquer homem idiota e obcecado por si mesmo. Caitlin era diferente. Uma vez — em uma festa de lançamento em alguma boate ou galeria escolhida por esbanjar um glamour que o mundo editorial raramente tem, ou nunca teve —, ela afastou da boca tingida de roxo o drink rosa que estava bebendo e disse: "Você nunca fala da sua vida. Você foge do assunto".

"Não é verdade", respondi. "Sou um livro aberto."

"Porra nenhuma", ela disse, sorrindo.

"Pode me perguntar qualquer coisa!"

Aqui entram os ruídos da memória, e é possível que a lembrança venha embalada em forma de canapés servidos por aqueles garçons bonitões de eventos que deixam um rastro de dignidade ferida por onde passam; talvez ela tenha demorado tanto para decidir as perguntas que eu achei que tinha desistido. Mas então ela retomou a conversa num tom grave.

"Posso conhecer você melhor?"

Fiquei tão surpreso que respondi sem pensar. "Por acaso uma mulher é capaz de conhecer um homem?"

Ela parecia confusa, esperei um pouco e respondi por ela: "Vamos alongar este flerte".

O rosto dela travou. Então algumas pessoas nos interromperam, e nossa conversa terminou com a expressão de seu rosto em uma pausa esplêndida. Mais tarde, naquela noite, ou em algum "evento" quase idêntico, dividimos um táxi e lhe fiz uma pergunta: "Você não acha que o sexo está no cerne da personalidade?".

"Não sei", respondeu ela. "As pessoas são complicadas."

Por essas e outras, eu gostava mais da Margot. Ela foi uma das poucas pessoas que conseguiu responder a essa pergunta com um sim peremptório. Sharona também, mas de outro ponto de vista. Mas Sharona era diferente em tudo.

M.

A primeira vez que senti uma raiva consciente de Quin foi por causa de uma coisa tão insignificante que me achei louca. Estávamos num jantar e o tempo inteiro, entre conversas esparsas à mesa, ele ficou trocando mensagens de texto com uma garota que estava chateada porque o cara que ela namorava queria sair com outras mulheres. "Você acha que ela tem que liberar ou dizer não, isso eu não aceito?", ele me perguntou.

Eu disse que não sabia o que dizer, que não conhecia a garota.

“Eu disse a ela que estou consultando Margot Berland, editora de *Sossega, puta*. Ela adora esse livro!”

“Eu não conheço a moça”, retruquei.

O jantar foi servido; começou o falatório. Quin respondeu à pergunta de uma pessoa sentada a nossa frente, depois tornou a conferir o telefone e me chamou de canto. “Mas nem precisa conhecer... é uma pergunta óbvia! O namorado dela quer sair com outras pessoas...”

“Depois de quanto tempo de relação?”

“Estão juntos há algumas semanas.”

“*Semanas?* Eu daria um pé na bunda.”

“Tá, vou repassar. ‘Margot Berland disse que...’”

“Não faça isso!”

“Por que não? Vai ser importante para ela se eu disser que você...”

“A vida é dela... ela tem que descobrir sozinha!”

Quin enfiou o telefone no bolso. “Já mandei.”

Fiquei ali, sentindo uma fúria inexplicável. Inexplicável porque sempre me diverti e notei que outras pessoas se divertiam com aquelas —

é uma palavra ridícula, mas tão certeira! — *microagressões* desde o dia em que conheci Quin.

E *tantas* pessoas tinham se divertido, e não só pessoas do mundo editorial. Ele dava uns festões uma ou duas vezes por ano, eventos alegres e animados que juntavam pessoas do mundo da arte, do cinema, da moda, da crítica, da literatura, da medicina e, eventualmente, da política. Vez ou outra convidava uma mulher belíssima que conhecera na rua naquele mesmo dia e ela de fato comparecia — garotas deslumbradas e deslumbrantes, que mal tinham saído da adolescência, nascidas no Leste Europeu ou na Etiópia, que mal falavam inglês mas de certa forma confiavam que estar com esse homem estranho e elegante valia a pena. Era impossível saber que tipo de pessoa se sentaria ao seu lado — um figurão jovem e bonito que comandava uma empresa farmacêutica de araque, uma artista sem prestígio ou sorte, uma elegante escritora de meia-idade da Islândia — ou o que ele ou ela poderia dizer. Havia uma frequentadora, uma jovem que escrevia para uma revista on-line de arte; parece que Quin passou a convidá-la depois que ela o estapeou com um mata-moscas algumas vezes, um objeto que portava com um propósito específico — isto é, para bater nos homens que a irritavam. Na primeira vez que ela apareceu, a esposa de Quin, Carolina, a cumprimentou de maneira calorosa "Ah, Miss Tapinha, que prazer conhecê-la. Ouvi falar muito de você!". E certamente a moça estava com o mata-moscas na bolsa nessa ocasião; no decorrer da noite, ela deu vários tapas em Quin dentro de sua própria casa, que se deleitava, com o rosto vermelho maravilhado.

Mas Carolina nem sempre era fácil — ou demonstrava facilidade para lidar com as relações estranhas que o marido tinha com outras mulheres. Talvez nunca tenha sido. Eu a conheci logo depois que ficaram noivos, quando Todd e eu saímos para jantar com eles. A primeira impressão que tive dela foi a de uma extrema distinção; era editora assistente numa revista de moda, quase vinte anos mais nova que Quin, e eu não esperava me impressionar por qualquer outra coisa que não sua beleza. É claro que era linda, também muito elegante. Era meio coreana meio argentina, de linhagem duplamente aristocrática; a família era proprietária de terras perto de Buenos Aires. Tinha uma postura ao mesmo tempo enérgica e tranquila. Seu jeito de inclinar a cabeça realçava o candor de seus traços, e a expressão de vigilância e franqueza encantadoras em seus olhos alongados lhe acentuavam a forma (uma lágrima sobranceira). Ela ficou quieta durante o jantar, mas ouviu todas as conversas com intensidade ereta, como se seu corpo fosse uma antena, e seus olhos de gato e ouvidos pareciam conectados, trabalhando como um órgão único. Ela era uma presença de respeito, mesmo calada, mesmo tendo só vinte e sete anos.

Apesar dessa impressão, conforme o noivado virou um casamento, logo perdi o interesse por Carolina, inclusive quando fez de Quin um pai. (Ele ficou em êxtase com todo o processo, e encantado com cada etapa; a produção de leite, a ternura inédita e natural de sua esposa.

“Eu nunca tinha dado tanta bola para peitos antes”, *balbuciou* num de nossos almoços, “mas agora vejo peitos por toda parte, e os admiro e celebro, sobretudo os de Carolina!”) De vez em quando eu a via em festas ou leituras, e às vezes estava com sua pequena Lucia, que era notável, com o cabelo preto de sua mãe, os enormes olhos de anime que pareciam escrutinar um mundo diferente, melhor. Carolina e eu sempre trocamos cordialidades. Mesmo assim, ela me surpreendeu em um jantar mais casual que o normal que tive com ela, Quin e Lucia. A menina tinha cinco anos na época, e de repente ficou muito irritada com o pai, a ponto de fazer cena, chegando a bater em Quin com seus punhos pequeninos. “Ela está exausta”, explicou Quin, que tomou a iniciativa de levá-la para casa, já que moravam na vizinhança. Quando perguntei o motivo do incômodo da menina, Carolina deu de ombros:

“Ela é menina”, disse. “Acho que também não gosta de ver o pai paquerando todas essas mulheres que ele encontra por aí. Você não percebeu o jeito dele com a garçonete?" Ela tinha uns trinta e tantos anos nessa época e a expressão alerta encantadora já tinha esmaecido, e sua altivez ligeiramente comprometida. Mas a eletricidade de sua beleza ainda persistia.

"Só para esclarecer, isso nunca aconteceu entre mim e o Quin", disse a ela. "Ele é um grande amigo. Não tem flerte. Não tem nada a ver com isso."

E, de maneira simples e espantosamente sincera, ela disse: "Obrigada, Margot".

Seu marido tinha deixado essa mulher belíssima, a mãe de sua filha, com ciúme de uma cinquentona.

Mas isso não deveria ter sido motivo de espanto para mim. Às vezes Quin seduzia mulheres mais velhas do que eu. Um dia fomos a um coquetel oferecido por uma mulher calorosa e experiente, o rosto vincado de belas rugas, cabelos grisalhos bagunçados e batom vermelho fatal; ela cumprimentou Quin com um abraço quase íntimo e trocaram carícias com as mãos enquanto conversavam em um tom confidencial sobre assuntos triviais. Eles se despediram e, enquanto caminhávamos até a mesa de drinques, ele fez um resumo curto de sua vida: jornalista, esposa de diplomata, mãe, voluntária da questão ambiental. Enquanto bebericávamos os drinks, ele me contou que a tal mulher e o marido ainda tinham vida sexual, mas só nas ocasiões em que o marido fingia invadir o apartamento e estuprá-la, ao passo que ela tentava com toda a sua força empurrá-lo com as coxas e os músculos senis. "Eu a imagino quase conseguindo", disse ele. "É uma mulher forte e uma iogue feroz!"

"Você ficou excitado ao saber disso?", perguntei.

"Não muito", disse, num tom de voz seco e minucioso. "Mas achei interessante. Assim consigo compreendê-la melhor. Essa informação me leva a crer que posso ajudá-la com suas questões matrimoniais. Andam com uns probleminhas."

Ele disse isso com toda a sinceridade.

Q.

Sharona era uma moça dos anos cinquenta. Até se vestia de acordo com a época, e não de maneira deliberada. Nunca cheguei a vê-la usando calças; usava saias e vestidos sob medida, de corte modesto, mas ousava nos sapatos de salto alto e nas botas. Cabelos e unhas impecáveis. O rosto tinha a forma de um coração e seus olhões pretos guardavam uma expressão secreta de desejo por liberdade — seu olhar tinha um quê de intenso e penetrante. Ela não era uma beldade, mas tinha um sorriso lindo, e até uma testa bonita. Para ela, o sexo *era* o cerne da vida, e por isso se recusava a falar sobre o assunto ou usar sua presença para evocá-lo; para ela, o cerne era "sagrado". Ela usou essa palavra numa conversa que tivemos em uma livraria logo depois de uma leitura. Eu perguntei sobre o namorado dela — deve-se começar com as perguntas mais inocentes, mas, enquanto a maioria das garotas começava a ter confiança em mim ou tentar me impressionar, ela me olhou com uma censura branda e disse, assertivamente: "Pergunta inoportuna". De todo modo, a franqueza de seus olhos e de sua voz eram mais intimistas que minha pergunta. Perguntei se era religiosa e ela riu antes de responder que não. Perguntei se ela tinha o costume de rezar. A expressão de seu rosto mudou, uma mudança brusca. "Tenho", respondeu. "Rezo sim." Eu disse a ela que rezava todos os dias. E complementei: "Quando quero descobrir como as pessoas de fato são, essa é uma das minhas primeiras perguntas. Será que essa pessoa reza?".

"Você quer saber como *eu sou*, de fato? Acabou de me conhecer."

"Sim, prefiro saber com quem estou falando." Falamos sobre o escritor que tinha acabado de fazer a leitura — que posudo, ela achou. Discordei, mas sem ênfase. Perguntei se ela gostaria de conhecer alguma das pessoas presentes ali. Ela respondeu: "Não faço questão".

Aceitou meu convite para almoçar, aquele e muitos outros depois. Ela gostava de conversar sobre livros. Gostava da admiração que eu tinha por seu jeito de pensar, uma admiração sincera; ela era uma *observadora* delicada e sutil. Tinha um carguinho de assistente em uma revista de arte que resenhava livros (eu conhecia o chefe dela, sujeito desagradável), e eu notava o prazer que sentia quando podia exercitar seu intelecto. Sem ostentá-lo, mas de maneira discreta, certeira. E ela se deu conta, tenho certeza disso, de que deveria cultivar nossa amizade.

Nessa época, eu e Caitlin já éramos amigos há algum tempo, mas a amizade vinha enfrentando dificuldades e brigas intermitentes — algumas bem feias. Ela estava apaixonada por um homem que parecia desprezá-la; evidente que era uma paixão delirante, e eu a encorajei a desistir de tudo. Mas ela insistia na legitimidade de seus sentimentos, e eu disse que, se fosse amor, ela deveria rezar para descobrir o que era melhor para os dois e tomar a decisão. Toda vez que a via, lembrava-lhe de rezar por isso.

O desfecho foi previsível — a catástrofe lastimosa de sempre. Ela parecia me culpar; e eu só consigo pensar que foi porque eu havia testemunhado sua humilhação em câmera lenta. Até quando encontrou um namorado novo, a amargura daquela rejeição conservou-se em seu coração e a fez agir de modo estranho na minha presença. Ela inventou um joguinho: se eu tivesse que apertar um botão com uma única palavra que descrevesse quem eu era, qual seria? *Flâneur? Voyeur? Esquisitão?* A severidade das palavras que escolhia variava dia a dia, assim como os "botões". Escolhi por ela: *Narcisista. Oportunista. Chorão.* Lembro-me de vê-la rir como se estivesse bêbada a cada troca de palavras, e, embora eu nunca estivesse bêbado, havia uma aura de embriaguez em nossas farpas.

Mesmo assim, continuamos a sair para almoçar e a trocar confidências. Ela aceitou meu conselho profissional (que foi de grande valia), e, no tempo devido, me aconselhou sobre Sharona. Por fim, viabilizei um emprego para ela numa grande agência literária. Em seu último dia no escritório, ela queria saber se eu ainda a convidaria para minhas festas. Respondi: "Só se você continuar flertando comigo, querida". E demos continuidade ao nosso flerte, sobretudo via e-mail. Almoçávamos vez ou outra. Mas não a convidei para as festas. Outras sabiam ocupar melhor o lugar que fora dela.

M.

São tantas histórias divertidas ou péssimas, difícil guardá-las só para mim. A jovem de dezenove anos que mandava mensagem para ele toda vez que (a) cagava ou (b) transava com o namorado. A moça que lhe mandava mensagem para descrever suas fantasias sexuais toda vez que se masturbava. ("Olha, nem consigo digitar, minhas mãos estão tremendo...") A ocasião em que fomos à leitura de uma jovem escritora e Quin, ao ser apresentado a ela, pôs a mão em seu rosto e disse: "Morde meu dedão". A mulher, que era muito confiante, olhou para ele com asco e lhe deu as costas. Eu comentei: "Por que você fez *isso*?". Ele nem se abalou. "Ela é uma graça", disse. "Mas não faz meu tipo." E deu de ombros.

Grotesco, mas vinha acompanhado de uma alegria tão própria e prazerosa. Certa vez, quando eu e meu marido andávamos meio tristonhos, comentamos o fato de que todos os nossos conhecidos também pareciam infelizes, ou no mínimo descontentes. "Exceto Quin", eu disse, "ele não." Todd concordou. E, imbuindo-se de Quin, o Pervertido, citou: "Onde a abelha chupa, eu também chupo!". Rimos, mas depois refletimos sobre a felicidade disparatada de Quin.

E por que ele não seria feliz? Tinha uma esposa deslumbrante e uma filha brilhante, e era um editor formidável, responsável pela publicação dos melhores escritores do momento. Tendiam a ser habilidosos escritores de nicho, não os mais importantes, mas a qualidade era inegável, e alguns deles tinham admiradores devotados. A maioria era de escritores que haviam sido desacreditados pelo mercado editorial no começo da carreira. Quin botava fé, em termos passionais, até *morais*: "Ela batalha pela bondade", chegava a dizer, ou "Ele batalha pela sexualidade" ou "batalha pela verdade". (A moralidade, por incrível que pareça, era importante para Quin. Analisava e criticava as pessoas de acordo com os atributos morais que expunham; "egocêntrico" era uma de suas acusações mais rigorosas — uma ironia, visto que encorajava as pessoas a falarem de si mesmas.) Quin contratava esses batalhadores, pagava adiantamentos descomunais, e os exultava quando alcançavam o sucesso. E isso acontecia com tanta frequência que mesmo os escritores em que todo mundo acreditava, isto é, nos quais se apostava, também acabavam indo atrás dele, sem que ele precisasse se esforçar muito para conquistá-los.

Eu me lembro de acompanhar Quin à festa de lançamento de um deles, um jovem negro ("Batalhando pela justiça com humor e estilo!") alçado à celebridade por Quin. A festa aconteceu numa galeria de arte que expunha quadros de uma artista que pintava simulacros de antigas obras-primas, nas quais substituía as figuras originais caucasianas por pessoas negras famosas. Encontrei Quin na sala dele; eu estava usando saia e salto alto e carregava uma sacola de compras e uma bolsinha. Ele insistiu para que lhe deixasse carregar minha sacola de compras, porque embora eu fosse deixá-la na chapelaria, achava que poderia estragar meu figurino — *além do mais*, ele adoraria estar "a [meu] serviço". Concordei, e ele disse que achava que eu também deveria dispensar a bolsa, porque, embora fosse pequena e linda, me daria menos liberdade para circular. "Mas eu preciso da bolsa", respondi. "Minha carteira e meu batom estão lá."

"Então deixa que eu carrego tudo", respondeu ele, apontando para o bolso interno de seu paletó.

Hesitei.

"Você está radiante hoje", disse ele. "Mas aquela bolsa rouba um pouco do seu brilho. Faz você parecer mais mundana, menos encantadora. Quero ver você circular pelo ambiente, esbanjando liberdade."

Sorrindo, respondi: "Mas se eu lhe dou a minha carteira, tenho zero liberdade. Afinal tive a carteira sequestrada por você".

No entanto, ele tinha razão. Eu teria parecido e me sentido mais livre sem a bolsa. Sobretudo quando estávamos dançando; o DJ era ótimo, dançamos muito.

Q.

Quando Caitlin foi embora, uma garota de nome Hortense assumiu seu cargo de quase secretária. Caitlin a recomendara, na verdade; não me lembro do vínculo que tinham, mas de alguma forma se conheciam. Sinceramente, eu gostava mais da Hortense; ela era mais confiante, menos ambiciosa, mais bonita, um ser em grande medida mais refinado (olhões azuis-escuros; boca pequena e carnuda; pescocinho lindo; cabelos encaracolados; voz melodiosa). Acho que, por força do hábito, planejei que fizéssemos banhos de loja ocasionais, e, talvez por causa da beleza deslumbrante de Hortense, acabei recorrendo a lojas um pouco mais sofisticadas. Em nossa última expedição, ela experimentou uma camiseta e me deixou entrar no provador.

Ela ali, tão jovem, transpirando a confiança de seus encantos, resplandecendo sob aquela iluminação caríssima. A camiseta lhe caía perfeitamente, era tudo o que eu queria dizer. Mas, por cima do tecido e do sutiã, toquei os seios dela, e circulei os mamilos com os dedos. Ficamos em silêncio. Não me lembro da expressão em seu rosto, me lembro apenas do meu dedo se movendo e do mamilo reagindo, endurecendo. Elixir mágico. Delicioso.

Aquilo durou alguns segundos, em seguida comprei a camiseta para ela e continuamos o passeio. Mas o relacionamento mudou um pouco depois disso, ficamos mais próximos, deixou de ser um flerte e foi se transformando em amizade verdadeira, gentil. Por algum acordo tácito, nunca mais fomos às compras e nunca mais toquei seu corpo daquela maneira. Mas às vezes, na hora do almoço, ou dentro da minha sala, conversávamos de mãos dadas. Eu adorava aquilo.

É quase certo que foi tolice de minha parte contar a Sharona sobre esse incidente, mas eu pensava diferente na época. Queria desafiá-la; queria que compreendesse a situação. Estávamos conversando sobre a palavra "sagrado", e o significado que a palavra tinha para ela. Um significado para além das palavras, ela disse. Algo que ultrapassava o cotidiano, mas que se expressava a partir dele. Concordei. Então contei a ela o que havia acontecido entre mim e Hortense. Disse que tinha sido, em alguma medida, sagrado para mim.

Ela ficou perplexa, arregalou os olhos. E me perguntou o que Hortense fazia na editora. Que idade tinha. Ainda continuaria trabalhando lá? E, por fim: "Por que foi sagrado para você?".

"Não sei ao certo. Como você disse, está além das palavras. Apenas senti. Fascinação pela beleza dela e por estar vivo. E que coisas estranhas podiam acontecer. Ir até o limite do permitido e não cruzar a linha."

"E como você acha que ela se sentiu?"

"Talvez tenha compartilhado a sensação. Não acho que chegou a gostar. Mas estava receptiva. Compreendeu minha necessidade." Eu disse a Sharona que não achava que isso fosse se repetir, e essa razão tornava tudo mais especial. Eu perguntei se ela era capaz de compreender o que eu dizia.

Ela demorou a responder, e por fim disse: "Acho que sim. Mas saiba que eu não levaria numa boa se você fizesse isso comigo".

"Jamais", respondi, honestamente. "Nunca faria isso com você." Então me inclinei sobre a mesa e peguei a mão dela. Ficamos sentados de mãos dadas por um tempo, sua mão cativa foi ficando aos poucos relaxada. Virei sua mão mas contive o beijo. A conta chegou. Foi uma vitória, pensei.

M.

Me parece estranho que, embora Caitlin tenha sido a responsável por enfim... *acabar* com Quin, eu nunca tivesse ouvido falar dela. Tampouco acho que cheguei a conhecê-la, e conheci as inúmeras jovens que orbitavam Quin. Sharona eu *cheguei* a conhecer, também ouvi muito falar dela. (*Ela não era inocente? Não era espe-*

cial? Não era uma moça dos anos cinquenta? Embora fosse claramente uma garota comum da década de noventa, até o nome tinha saído de uma música pop boba). Perto do fim da "amizade" deles, Quin chegou a me mandar as mensagens que queria mandar para ela, pedindo minha opinião. Algumas eram provocações recheadas de agressividade; outras quase imploravam, sobretudo uma em que ele comparava a recusa dela em "compartilhar" mais de si mesma com a recusa dos Republicanos à distribuição da riqueza. (Essa eu disse para ele não enviar e fui enfática.) Chegávamos a passar almoços inteiros analisando o comportamento dela, porque não permitia que ele acariciasse suas costas nem mesmo segurasse seu cotovelo quando entravam em uma sala. Era sempre o mesmo papo, um disco riscado: eu dava uma aula sobre respeito e limites; ele não conseguia entender por que uma pessoa poderia ser tão "não me toques" quanto a si e ainda se dizer *incapaz* de rejeitar as necessidades de um amigo. Retruquei: "E se eu quisesse que você se ajoelhasse e beijasse meus pés toda vez que me visse?". Ele disse que aceitaria. Eu disse que seria muito estranho. Ele disse que o faria ali mesmo, e se ajoelhou no chão do restaurante; quando as pessoas olharam, ele explicou a situação: "Estou fazendo as vontades desta querida amiga". E ele de fato tentou beijar meus pés. Eu tive que dizer "Chega!", mas já estava rindo.

De Sharona, eu sabia tudo. Mas nunca tinha ouvido falar de Caitlin até o processo. "Mas o que você fez?", perguntei. "Por que acha que ela está com tanta raiva?"

Ele não sabia dizer. "Ela perguntou o que tinha que fazer para continuar sendo convidada para minhas festas e eu disse que ela tinha que continuar flertando comigo. Acho que ela ficou muito ofendida."

É claro que as histórias nos jornais enumeraram muitas outras ofensas, inclusive o envio de um vídeo a Caitlin, enquanto ainda era funcionária dele, de um homem dando palmadas em uma mulher. As pessoas ficaram espantadas quando demonstrei compaixão por ele nesse caso. Comentei: "Sei que soa terrível. Mas não acho que tenha acontecido dessa forma. É provável que ele tenha perguntado a ela suas preferências sexuais, e ela respondeu que gostava de uns tapas. Então, o envio desse vídeo seria a coisa mais natural do mundo para ele. Sim, não deixa de ser grosseiro", admiti. "Mas..."

Quin disse: "Nem precisei perguntar. Ela que me contou. E não era pornografia. Era o John Wayne dando umas palmadas em uma atriz num faroeste antigo!".

Caitlin não foi a responsável pela acusação de violência física. Outra pessoa revelou o fato em uma entrevista ao *Times*. Aquela mulher nem fazia parte do processo, mas é certo que ela fez com que parecesse plausível.

Q.

Se minha mulher me der apoio, eu vou conseguir superar. Eu vou superar de qualquer maneira, mas... *prejudicado, aborrecido, sem o respeito dela*; são palavras e adjetivos que se empilham quando meu pensamento vai nessa direção, por isso não sigo esse caminho. Não deixo de dar minhas corridas matinais. Mantenho a cabeça erguida. Um raio luminoso inunda minha mente. A vida é um milagre. E continua, apesar do que possa acontecer a um homem egoísta. "Você é Quinlan Maximillian Saunders e, tendo isso superado, se verá num lugar melhor." Carolina me disse essa frase às duas da manhã, enquanto me abraçava, com lágrimas escorrendo pelo rosto. Antes disso — precisamente no dia anterior — ela tinha me dado um tapa no meio da rua. E o fez porque eu tinha visto uma das minhas acusadoras, sorri para ela e disse "Olá".

"Mas ela sorriu para *mim*", expliquei. "Eu só retribuí." Então minha esposa se virou e me deu um tapa. Um tapão, o mais forte que pôde, com a mão espalmada.

"Idiota", disse ela, num tom de voz baixo e tranquilo, embora alto o bastante para que qualquer passante escutasse. "Acho que não posso deixar você sair por aí, nem comigo."

Mais tarde, ela me abraçou. Mas a verdade é que ela me proíbe de sair, e eu concordo, porque ela sabe o que toda essa história lhe causou, e o que causará a Lucia um dia... embora eu ache que Carolina subestime a menina.

É tão terrível e absurdo. Absurdo porque fiz certas coisas, sim. Também é absurdo que Caitlin esteja numa posição em que eu a ajudei a estar, e a partir dessa posição me acuse das coisas de que ela participava. O mais absurdo de tudo é que por isso seja chamada de "corajosa". E, por fim, acho um tanto absurdo que o que mais magoou Carolina, creio eu, não foi a ferida que se abriu em seu coração ou em sua dignidade, mas o que abalou seu papel social: de esposa de um editor respeitado à esposa de um pária.

"Que tipo de esposa sou eu?", gritou essas palavras na presença de um dos meus amigos mais íntimos. "Que tipo de esposa serei diante das câmeras? E no dia do julgamento? Uma esposa leal? Uma esposa sobrenatural? Uma esposa humilhada?", *gritou* minha elegante e formidável Carolina, e meu amigo e eu ficamos ali ouvindo, boquiabertos diante da mágoa dela.

“Sou eu que tenho que ligar para os advogados”, bradou Carolina, “e aquele editor, que te apunhalou pelas costas depois que você se jogou no fogo para protegê-lo. Sou eu que tenho que pegar o telefone e lembrar àquele hipócrita de que, sem você, ele não tem outro bode expiatório, e que, sem ele, nós não temos plano de saúde.”

“Você pode entrar com um processo contra ela”, insinuou meu amigo. “Pode levar a tal garota aos tribunais ou...”

“Tá brincando?! Você tem noção de quanto isso custaria? Do quanto já gastamos?” Nessa hora, Carolina ao menos parou de gritar. “Eu não estou nem aí para a tal garota. Me preocupo com o plano de saúde e a sobrevivência da minha família. Não estou nem aí para vindicação. Não quero sair por cima. Quero só que minha família fique bem.”

Terrível. Não é absurdo. É terrível. Eu sei. Eu sinto isso todos os dias. Mas não penso muito a respeito. Ficar pensando dói muito. Mas penso em Sharona. Até escrevi uma carta para ela. Não sei se vou enviar. A Margot disse que não faria diferença; mesmo que ela tenha razão, ainda posso enviá-la:

Li no parecer do *amicus curiae* que você está entre as pessoas que relataram sua experiência como um exemplo do meu comportamento abusivo. Isso me choca e me magoa. Nunca tive a intenção de lhe causar dor ou de ser desrespeitoso. Seduzi, provoquei, talvez até demais. Mas você sabe o quanto eu valorizava nossa amizade, o quanto respeitava você. Eu me ofereci para incluir seu namorado em nosso círculo só para ficar mais perto de você. Sharona, por favor, não endosse esta situação. Não estou pedindo isso com esperanças de que afete o corolário jurídico... sei que não afetará. Peço porque me dói profundamente ver seu nome de certa forma relacionado a isso. Por favor, demonstre um décimo da consideração que sinto por você.

Fiquei muito tentado a acrescentar ainda que Hortense, a jovem sagrada do provador, havia se negado taxativamente a tomar parte no processo, e tinha me enviado uma mensagem de apoio. (Aliás, um ato bastante significativo, tendo em vista que ela conhecia Caitlin; a quantas será que anda essa amizade?) Mas não escrevi essa parte.

M.

"Você tinha uma raquete na sua sala? De enfeite? Nunca reparei."

"Ah, Margot, para com isso. Estava mais para, sei lá, uma colher de salada ou uma espátula."

"E aconteceu de ela estar na sua sala. E você..."

"Tínhamos combinado um almoço e ela já estava meia hora atrasada. Eu odeio quando as pessoas se atrasam. Com certeza você já notou que sou muito pontual."

"Sim, eu sei."

"Fiquei um pouco irritado e, para tentar não pesar a situação, disse 'você não acha que deveria ser punida por chegar atrasada?'. E ela respondeu: 'acho que sim'. Então eu disse: 'e qual deveria ser a punição?'. Não faço ideia do que ela respondeu. Acho que ela disse, não, ela nem disse *nada*, ela se virou de costas e se curvou. Ela se virou e mostrou a bunda pra mim, estava com as pernas bem fechadas. Acho até que botou as mãos sobre os joelhos. E ela disse assim: 'umas palmadas'. Aí eu lhe dei um tapinha com a faca de manteiga..."

"Você disse espátula."

"Não faz diferença, eu não lembro. Depois nós almoçamos e foi ótimo. E agora ela está dizendo que eu bati nela, e que foi degradante."

Eu levei a mão ao rosto quando imaginei a cena: a sala arejada, as palavras amenas, a garota talvez fazendo beicinho por cima dos ombros enquanto se divertia ao mostrar a bunda; talvez no começo tenha sido desolador, mas, depois... almoçaram e caíram na gargalhada! Então o trajeto pensativo ao voltar para casa de metrô, cara a cara com estranhos distraídos, absorvidos por seus celulares, ou que ficavam só olhando para o nada.

"É isso que eu não entendo. A ideia foi dela — não, foi ideia *minha*. Mas foi totalmente consentido. Ela não precisava mostrar a bunda. Ela não precisava fazer nada. Nenhum de nós precisava."

"Quin", falei, "o que vou dizer agora, nunca diria em público. Não diria isso para outra pessoa que não você. Talvez ao Todd. Mas presta atenção. As mulheres são como os cavalos. Elas querem ser conduzidas. Elas querem ser conduzidas, mas também querem ser respeitadas. Você precisa fazer por merecê-las, sempre. E elas são fortes pra caralho. Se você não as respeita, elas vão derrubar você e empinar pelo pasto, e deixar você lá, caído, sangrando. Essa é a minha opinião."

Q.

Será que respeito as mulheres? Para ser honesto, não tenho certeza se posso responder de maneira ampla sobre todas as situações. Mas uma coisa posso afirmar: eu respeito minha esposa. E não fui infiel a ela.

"Flertei, sim. Mas foi só isso. E o fiz para me sentir vivo, não fui infiel. Eu nunca..."

“Teria sido mais digno se tivesse”, retrucou Carolina. “Seria o esperado.”

“Teria sido mais digno se eu tivesse sido *infiel*? Está falando sério?”

Ela sentou-se ereta na cadeira, olhava pelas janelas imensas de nossa casa que davam para o oeste da cidade. Inúmeras formas retilíneas, prateadas e cinzentas se esticavam num céu incomum de nuvens arroxeadas, sob uma luz rosa aberrante. Uma beleza particular e vertiginosa feita de aço e vidro flagrou o pôr do sol e ficou alaranjada.

“Você não chega nem a ser um predador”, disse ela, tranquila. “Nem isso. Você é um mané. Um tolo molestador e rastejante. Isso que é o mais insuportável.”

M.

Eu não conhecia a maioria das mulheres que se pronunciaram contra Quin. Mas uma delas eu conhecia, uma romancista de nome Regina March, um dos achados secundários de Quin de anos atrás. Sempre a via nas festas dele e gostava dela; era uma mulher calorosa e obstinada, de quarenta anos de idade e que sempre, eu me lembro, despedia-se de Quin com um abraço. Fiquei espantada quando descobri que ela estava na lista de centenas de nomes de mulheres que assinaram a petição que nomeava inúmeros "abusadores", exigindo que nenhuma outra empresa voltasse a contratá-los; a ameaça específica era a de boicotar qualquer editora ou empresa de comunicação que contratasse qualquer um deles. Resumindo, essa mulher inteligente, cativante, estava ameaçando a subsistência do homem que a publicou pela primeira vez!

Meu espanto deve ter se insinuado quando a vi numa festa; ela ficou de queixo caído quando me viu. Atiçada por seu olhar culpado, aos poucos a persegui pelo salão, me infiltrei em uma conversa com ela e uma terceira pessoa, e educadamente esperei o momento certo. Nem precisei esperar muito. Logo que a outra mulher saiu, ela olhou para mim com os olhos cheios de lágrimas e perguntou:

“Como está Quin? Como está Carolina?”

“Tão bem quanto possa imaginar”, respondi.

“Penso neles todos os dias”, disse ela. “Queria entrar em contato, mas...”

“*Contato*? Queria *entrar em contato*? Meu Deus, Regina, por que assinou aquela coisa?”

Ela começou a chorar. Disse que só reparou que o nome dele estava na petição depois de assiná-la — eram tantos nomes —, e como era on-line, não conseguiu remover sua assinatura. É possível que o nome dele tenha sido acrescentado depois de ela ter assinado? Porque, se tivesse visto, não teria assinado! Pensei em contar para Quin, pensei em contar para Carolina, pensei em...

Q.

Depois que meu caso tiver sido indeferido — e me parece que há grandes chances —, eu vou escrever uma nota. Talvez crie um blog, ou envie para o *Times*. O mais provável é que eu leia no tribunal. Tive essa ideia já era alta noite — manhã, na verdade, por volta das quatro, quando acordei com o coração tão apertado que mal consegui senti-lo bater no peito. Carolina estava ao meu lado, e, embora quisesse abraçá-la para recuperar as energias, não me mexi. No escuro, mal dava para ver as feições de seu rosto, mas consegui enxergar os contornos de sua testa, lábios, nariz e queixo; formas que expressavam tristeza e desamparo, mas os ombros curvados e o pescoço altivo manifestavam o instinto animal de ter que *passar por essa merda toda*. Carolina: a efígie sagrada escondida atrás da tapeçaria de minha vida pública. Incapaz de amparar a mim mesmo, me aproximei e, estando nos arredores do calor de seu corpo, fui inundado por alívio e um resto de felicidade. Então ela se mexeu, ainda dormindo, e se afastou de mim.

Pensei: tenho que tomar uma atitude. Tenho que arranjar meios de lutar contra isso. Poderia entrar em contato com velhos amigos de Londres. Talvez o veneno não tenha se espalhado por lá. É angustiante ter que enfrentar meu pai, mas... levantei-me da cama, fui para a sala de estar e contemplei o parque, os tons de verde profundos da vegetação, os tons de marrom abrasivo sob o céu descolorido. Mas eu não queria ir para a Inglaterra; queria ficar aqui. Um carro e outro se arrastavam pelas ruas; um cavalo puxava uma carruagem junto ao meio-fio. Então os sons — um caminhão de lixo, um ônibus, um veículo gigantesco apitando ao fazer a curva, o ruído nebuloso do tráfego. Buzinas, espalhafatosas e ensurdecedoras, em seguida baixando de tom, decaindo à nebulosidade dominante. Daqui, é bonito de ver — obediência ao emaranhado, a batalha contra ele. Me fez sentir fé em mim mesmo. Palavras e melodias fluindo em minha mente, emanadas, ao que parecia, de um lugar de intensa ordem subterrânea, um lugar de onde os presságios e os símbolos da sociedade absorvem sua vitalidade. Encorajado pela ordem periclitante da cidade desperta, senti que tudo poderia acabar bem, que eu poderia me fazer entender e — quiçá — fazer as pazes com todos aqueles que haviam se sentido lesados por mim.

Fui para o escritório e escrevi:

Percebo que a maneira como tenho me comportado no mundo nem sempre foi do agrado daqueles que me rodeiam. Venho de uma geração que valoriza mais a liberdade e a honestidade que a polidez, e agi de acordo com esses valores, às vezes sendo um provocador, até mesmo um trapaceiro. Talvez eu tenha ultrapassado certos limites, tenha sido curioso demais, simpático demais, e às vezes um pouco arrogante. Mas...

Depois disso, não soube mais o que dizer. Me vi estranhamente distraído com as lembranças de uma artista visual que era presença constante em nossas festas, uma garota sexy que não fazia muito tempo me enviara um e-mail afetuoso. Lembrei de um vídeo que ela fez de um homem ajoelhado, latindo aos comandos dela; ela o fazia latir por um beijo ("Mais alto! Mais!") até que os dois caíam na gargalhada. Então me esforcei para direcionar os pensamentos para minha mulher e para Lucia, que tinha acordado de um pesadelo algumas noites antes e ido deitar-se em nossa cama, requisitando que nós dois a abraçássemos. Mas, embora fosse um acontecimento recente, a lembrança já parecia distante, e de certa forma dificultou a escrita do texto. Fiquei sentado ali por mais uma hora, ainda sem saber o que mais poderia dizer.

"Acho que seria bom você começar com um pedido de desculpas." Foi isso que o marido de Margot, Todd, sugeriu quando pedi sua ajuda. Tínhamos tomado alguns drinques e conversado em seu apartamento *old-school* no Brooklin — um labirinto de cômodos pequenos redimidos por uma cozinha ampla e charmosa, mesmo com as sancas carcomidas e o teto manchado e combalido.

"Desculpa pelo quê? Por ser eu mesmo?"

"Por causar sofrimento. Eu sei que algumas dessas pessoas estão exagerando ou apenas seguindo o fluxo. Mas outras devem ter sofrido muito com isso e..."

Eu adoro o Todd. Ele é um homem gentil e sério, meio desproporcional — mãos pequenas, boca delicada, ombros formidáveis, e uma cabeça grande e ligeiramente senatorial. Adoro-o por ser o cão fiel do gato arisco que é Margot. Mas eu não sou um cachorro, e pouco adianta fingir que sou. "Mas eu não acredito que tenha havido sofrimento. Acho que ficaram ofendidas, mas aí já são outros quinhentos."

"Mas elas diriam que *houve* sofrimento?"

Margot não me deu tempo para responder. "Eu acho que você não entende por que essas pessoas estão dizendo essas coisas quando na verdade elas agiram como se fossem suas amigas e aceitaram seus favores."

"Eu não quero dizer 'eu não entendo'. Acho que é uma declaração frágil e deprimente. E, além do mais, é *claro* que eu entendo."

"O que você entende?", perguntou ela.

A paciência de minha querida amiga é tão complacente! Ainda assim, respondi com serenidade. "Que homens como eu não poderão mais existir. Que estão possessas com o que acontece no país e no governo. Que não podem atacar o rei, então atacam o bobo da corte. A vitória não virá agora, mas em muito breve. E quem sou eu para atrapalhar? Não quero ser a pedra no caminho."

Eles olharam para mim com um respeito desolado.

"Elas eram minhas amigas. Eu ainda seria amigo delas. Sinto saudade."

"Amigas?", Margot escarneceu o termo. "Aquela vaquinha acabou com a sua vida!"

"Ela não acabou com a minha vida. Eu não lhe daria esse poder. É só uma criançola!"

Olharam mais uma vez para mim, agora em total desolação.

M.

"Ele quer retomar a amizade com elas", disse Todd, incrédulo.

"Eu sei."

"Ele está fudido", disse Todd.

"Eu sei."

"*Encurralado num pinheiro rachado.*"

"Como assim?"

*"Ela, sob agravada fúria, o encurralou no pinheiro rachado, e ele seguiu dolorosamente prisioneiro..."**

"Para com isso, a questão não é nada shakespeariana. E não compare as mulheres às bruxas."

"Por que não?", Todd lavava a louça enquanto conversávamos e se virou para olhar para mim. "Você mesma chamou uma delas de 'vaquinha'."

Parecia realmente confuso, então eu disse "eu sei", e desistimos de conversar.

Mas a comparação que ele fez não era adequada. Ariel não beliscou a bunda de Sycorax nem pediu que ela mordesse seu dedão. Ariel foi punido por se recusar a obedecer às ordens da bruxa; Quin estava sendo punido por dar ordens. Ou pelo menos foi isso que as mulheres alegaram — como se tivessem recebido ordens de alguém que tinha poder para fazê-lo.

É nesse ponto que os meus sentimentos me confundem. Quando digo aos meus colegas de

* Trecho de *A tempestade*, de Shakespeare (ato I, cena III). (N.T.)

trabalho que bastaria que as mulheres dissessem a Quin que parasse, que *eu* tinha dito a ele que parasse e consegui *fazê-lo* parar, eles afirmam sem pestanejar que o poder era desproporcionalmente dele, e que mesmo se *em teoria* as mulheres tivessem conseguido recuar, essa não deveria ser a reação delas, que não tinham que passar por isso. Então eu fico irritada e começo a gaguejar sobre agência feminina versus infantilização etc. Eu concordo, digo que ele agiu mal. Também fiquei com raiva dele. Mas será que ele merecia perder o emprego, o direito a ter um trabalho, sua honra como ser humano? Será que tinha que ser totalmente massacrado? As pessoas não podiam só debochar da cara dele por ser uma espécie de Grilo Falante safado e ficar por isso mesmo? (Um grilo amoroso, ao cruzar com a perversa raposa João Honesto — *tra-la-la-la-la!*).

Há tantas outras coisas que não digo, que não posso dizer. E é aí que sinto dor no coração. Sutil. Mas real.

Poucos anos atrás, Quin me contou que uma amiga dele estava passando pela experiência de reaver lembranças de abuso sexual na infância. Ele tratava o processo dela com ceticismo, e estava tão cansado do assunto que passou a evitá-la. "Quin", disse a ele, "se ela é sua amiga e você se preocupa com ela, livre-se desse ceticismo. Mesmo que pareça uma besteira. Isso é importante para ela e ela confia em você." E, para fazê-lo compreender a força dos meus sentimentos, disse a ele que eu tinha sofrido abuso aos cinco anos de idade.

"E você se lembra?", perguntou ele.

"De tudo, não. Mas alguns detalhes ainda são vívidos. Foi chocante, em todos os aspectos. A pujança da sensação. Ele não chegou a me machucar fisicamente, mas foi semelhante a ser atordoada por um golpe seguido de hipnose. Um espanto desmesurado para minha idade."

"Quem era o cara?"

"Um amigo da família. Lembro que a forma de seu corpo era grande e escura. Não me refiro à pele escura. Algo de sombrio pairava sobre ele, que entrevi. Uma dor. Lembro de subir no colo dele e de tentar ampará-lo."

"E com certeza conseguiu. Deve ter se comportado como um anjinho."

"Quin", eu falei, "dizer isso é bizarro."

"Por quê? As crianças têm lá seus poderes. Com certeza conseguiu diminuir a dor desse cara por um tempo."

"Pouco tempo. Ele se matou."

"Nossa, terrível. Ainda assim, sei que o ajudou."

Mudamos de assunto. Não fiquei com raiva. Nem me lembro exatamente do que senti, exceto uma combinação insólita e silenciosa de incredulidade e aceitação. Não me passou pela cabeça comentar sobre isso com ele até muito tempo depois. Ele não se lembrava da conversa, mas de todo modo se desculpou; não conseguia entender o porquê da minha chateação e disse: "Eu só queria identificar algo de positivo nessa história". Achei provável que fosse verdade. Mas no íntimo sentia raiva. E não deixei de amá-lo por isso. Nem de confiar em seus conselhos e na sua amizade. Agi conforme as mulheres que não fizeram nada para contê-lo e agiam como suas amigas enquanto a raiva só crescia. Não porque ele tinha mais poder do que eu; o caso não era esse. Tampouco porque sou como um cavalo. Não sei por que me comportei assim, e não mudei minha conduta; *ele* não mudou a conduta dele. As alfinetadas e piadinhas de sempre, tecidas com as artimanhas de sua lisonja habitual, doíam como as picadas de um inseto invisível. ("Acho *interessante* que você esteja *bem* mais preocupada com sua aparência do que há cinco anos.") Embora eu pudesse ter ignorado tudo isso, de repente não conseguia mais. Nem consegui confrontá-lo. A conversa foi muito rápida.

Q.

Quando eu tinha dezenove anos, fiz sexo com uma garota no banheiro de uma boate, se é que se pode chamar aquele buraco de boate, mas foi o que fizemos. Não precisei me esforçar muito para levar a coisa a termo, tampouco consigo me lembrar dos detalhes. Mas lembro dela: um rostinho lindo, mas severo e apático, e de seu corpo quase perfeito tomado por um desejo enigmático e profundo. Primeiro me sentei e ela se ajoelhou (camisa levantada, sutiã baixado, seus peitos estonteantes para fora, pequenos e assimétricos), depois me levantei e ela se virou, oferecendo-se sobre uma latrina pública. Não estávamos a sós, os chiados do sistema de som transitavam livremente pela porta corta-fogo, as pessoas vomitavam nas pias de porcelana, caíam pelo chão e se divertiam dentro das cabines trepidantes. Por pouco ela não saiu correndo quando acabou, e, sentindo um certo remorso, pedi seu telefone, tinha quase certeza que ela esperava por isso, embora não desse essa impressão. Tenho uma foto de uma ex-namorada que foi tirada nessa boate; foi tirada no exato momento em que uma pessoa puxou sua saia para mostrar que ela estava sem calcinha. Ela está olhando para baixo, o rosto virado como se em contestação, e a mão se esforça para baixar a saia, mas ela sorri, e quem olha de relance pode achar que ela mesma levantou a saia.

Me pergunto se aquelas garotas fossem como as garotas de hoje em dia, se se diriam "agredidas" caso alguém pusesse a mão em seu joelho? Diriam que estavam "paralisadas" pela consternação a ponto de evitá-lo?

É diferente a história que contávamos sobre nós mesmos naquela época. E como estávamos cientes de que se tratava de uma história.

M.

Embora poucas pessoas consigam assumir, há quem simpatize com o lado de Quin. "É uma farsa", cochichou um cara à mesa enquanto bebíamos em grupo depois do trabalho. "A vida dele acabou só por causa de um apertão em uma *bunda*?" Não havia somente homens: uma publicitária com mais de sessenta, que estava no ramo há anos, também expressou sua simpatia, dizendo que ele era "maravilhoso" e "generoso", para desaprovação de suas colegas mais jovens. "Talvez generoso demais", disse ela, "com megeras que não mereciam, coitadinho."

A opinião predominante, no entanto, era de que ele teve o que merecia; ao que parece, tinha mais inimigos do que eu imaginava. Ainda assim, a maioria enxerga a persistência de nossa amizade como uma forma de lealdade, com desconfiança. Afinal de contas meu nome se fez depois que publiquei um charmoso livro de contos sobre mulheres masoquistas (cuja autora, agora sem charme algum, *ainda* reclama sobre o valor do adiantamento), um livro que foi amplamente reconhecido como inovador, "empoderador", triste, bobo e sacal, e por fim um relato sociológico interessante; embora eu esteja por trás da publicação de muitos livros desde então, nunca consegui me distanciar daquela aura picante mas cansativa. Assim, levei para o lado pessoal quando, depois de um colóquio monótono em particular, a fofoca se esticou na direção de todos os homens que recentemente haviam sido expostos e destruídos por mulheres indignadas, e uma colega disse, a propósito de que já não sei, que "E ainda tem mulher querendo defender esses monstros. Aquelas que dizem 'Os homens são assim'. Eu tenho pena delas. Porque nem imagino o que têm passado na vida".

Ela não olhou para mim; eu não olhei para ela. O nome de Quin não foi pronunciado. No entanto, gostaria de ter dito "Quin não é 'assim', é diferente dos homens que conheci. Não conheço outro homem que seja tão engraçado e obsceno ao mesmo tempo. Não conheço outro homem que se ajoelharia no chão de um restaurante e tentaria beijar meus pés só por capricho. Ou que se oferecesse para carregar minha carteira e meu batom para que eu aparentasse mais liberdade. Eu não conheço outro homem que diria a uma mulher aos prantos que ele mal conhecia, 'Você é adorável', e a convidaria para um chá depois que a 'amiga' desligou o telefone na cara dela". Tenho certeza de que minha caríssima colega também desligaria enojada com aquele meu momento de fraqueza. Quin foi responsável pela minha recuperação, e não só naquele dia. Por dias, semanas e meses ele me ajudou a compreender a humanidade, de que eu era parte, e não só por benevolência; sua tolice, seu humor, sua *indecência* reavivaram meu espírito.

Outro dia nos encontramos para almoçar e ele estava com uma aparência ótima, muito bem-vestido, o lenço displicentemente elegante. Falamos sobre lançamentos recentes, dos livros *dele*, e um em especial acabara de receber uma boa resenha no *Times*; fofocamos sobre os colegas. Falamos sobre Carolina e Lucia, que, aos oito anos, do nada tinha começado a chupar o dedo, uma coisa a que sua esposa, segundo ele, estava dando muita importância. Ele bateu papo com todos os garçons e fez mil perguntas, desde os uniformes e como se sentiam ao usá-los, até suas maiores esperanças e ambições. Os rapazes eram gente boa e adoraram a brincadeira. "Pergunta mais!", provocou um deles quando estávamos de saída. "Acho que as coisas estão melhorando para mim", disse Quin. "Sinto isso. A cidade está se abrindo para mim de novo."

Dor no coração. Real.

Q.

Histórias, nada além de histórias. A vida ultrapassa as pessoas, e é por isso que inventamos histórias. Hoje em dia as mulheres estão muito imersas na história da vítima; aquelas a quem ofendi são todas vítimas, embora sejam festejadas por toda parte. Eu poderia fazer dessa a minha história também, mas não é a melhor, porque é simples demais. A melhor história é aquela que revela um tipo de verdade, feito algo que se vê e se compreende num sonho, mas da qual se esquece logo ao acordar. A garota que se envergou em cima de um vaso sanitário por minha causa há tanto tempo — ela representava uma verdade da qual em seguida tentou fugir, e a fuga também era uma verdade. Quando enfiei o dedão na cara daquela garota — o exemplo que Margot não se cansa de citar, como se fosse o ultraje maior —, eu tentava desafiá-la a se expor, como eu também me expunha ali, deixava clara minha vontade de viver e de me sentir vivo. Eu estava perguntando, *convidando*: Quer brincar, gosta de brincar? A resposta dela foi não, e tudo bem. Não deixei de comprar o livro dela; até cheguei a ler algumas páginas.

Bem, e agora a verdade é que todo mundo disse não. Agora a verdade é que sou o homem que aparece no vídeo caseiro pornô, ajoelhado e latindo para conseguir um beijo. É verdade, eu sempre fui esse homem. Eu fiz tudo que a Sharona queria — convidei o namorado dela para jantar conosco, para que pudesse ficar mais perto dela, teria ajoelhado e latido se a consequência disso fosse uma gargalhada e um beijo, só um beijinho! Olha, tudo isso me soa como dissimulação. Já estou até vendo a Margot revirando os olhos. Também vejo Carolina, atordoada e desolada, envelhecida pela dor — do mesmo jeito que ela fica quando acha que não estou vendo seu rosto, a mesma expressão da noite passada, ao sair do quarto de Lucia e o desmoronamento de seu sorriso, logo se recompondo ao dar de cara comigo. Vejo minha filhinha, suas bochechas fofas e o brilho de sua testa sob a luz baixa de seu laptop por entre a porta semicerrada, tentando ficar indiferente aos insultos e às lágrimas. O que ela talvez veja naquele laptop em algum momento: algo que vem disparando na minha direção a mil por hora, dá uma guinada maligna, em seguida passa como um caminhão do mal num filme de terror. É uma história triste, de fato, mas... O melhor é viver um dia de cada vez. Sem esquecer que...

A vida ultrapassa as histórias. Eu ando na rua aos prantos; eu transito por um mundo de prateleiras, gôndolas e bebidas aromatizadas, multidões vorazes, ruas destruídas e vapor emanando de todas as fendas. Britadeiras, barulho de ônibus, mulheres andando a passos largos, resolutas em afiadíssimos saltos agulha, e nas janelas vejo tantos rostos, produtos, reprimendas luminosas, luzes e poeira. Funcionários corcundas fumando nas portas dos prédios; garçons limpando mesas na calçada. Comensais relaxando diante de pratos vazios, de pernas abertas, mexendo no celular. Bandos de pombos, um rato cauteloso. Eu conheço o dono dessa banca de jornal; ele capta meu olhar e nota com tato minhas lágrimas, e tenta fingir que nada está acontecendo. No interior de sua caverna abarrotada de manchetes quentes e rostos espalhafatosos, ele treme de frio e tenta respirar; os pulmões dele estão pifando enquanto vende revistas e garrafas d'água, balas de hortelã e mudinhas de manjericão. Nos cumprimentamos; eu não digo mas penso *Olá, meu caro*. E a vida urge. Na esquina, pessoas cantam e tocam instrumentos. Homens acabrunhados, sentados no chão com seus cachorros imundos, esmolam. No metrô, um rapaz com nariz de gavião, e um cabelo tingido, gosmento e de certa forma charmoso, manobra fantoches toscos ao som de música sensual num cenário grotesco de brinquedos velhos. É um pouco macabro; ele olha para cima, pálido e lascivo. Uma velha gargalha, quer chamar a atenção dele. Um mendigo olha para mim e diz: "Fica triste não. O tempo cura tudo". Eu confio. Ainda me resta alguma coisa. Se não aqui, então em Londres. Estou na lona, sangrando, mas vou conseguir me levantar outra vez. E entoarei cânticos de louvor.

O mendigo está atrás de mim e ri, grita algo que não consigo entender. Eu me viro com um dólar já na palma da mão.

A dificuldade de seguir as regras

Date rape, cultura da vítima e responsabilidade individual

NO COMEÇO DA DÉCADA DE 1970, tive uma experiência que poderia ser descrita como *date rape,** mesmo que não tenha acontecido durante um encontro romântico (*date*). Aos dezesseis anos me hospedei no apartamento de uma garota um pouco mais velha que acabara de conhecer em um centro comunitário decadente

* A legislação brasileira não tipifica "date rape", ou "estupro ocorrido em encontro consentido". Tal categoria tende a ser enquadrada somente como estupro (artigo 213 do Código Penal), ou ainda, em pior hipótese, desenquadrada de tal categoria, uma vez que a tipificação não está prevista no Código Penal. Nos EUA, a legislação e tipificação penal variam de estado para estado, e há estados em que esta tipificação já foi reconhecida pela corte. (N.T.)

em Detroit, onde estava de passagem. Eu estava havia alguns dias no apartamento quando um cara mais velho (é provável que na faixa dos vinte e poucos anos) apareceu e perguntou se nós queríamos tomar um ácido. Naquela época, tomar um ácido com estranhos era condizente com a minha ideia de diversão, então dividi um com eles. Quando começou a bater, minha anfitriã concluiu que precisava encontrar o namorado, e lá fiquei, sozinha com esse cara que, do nada, já estava colado ao meu rosto.

Parecia que ele estava dando em cima de mim, mas eu não tinha certeza. O LSD é uma droga poderosa e, sob seu efeito, minha percepção era quase alucinatória. Para completar, ele era negro e da periferia, enquanto eu, sendo uma branca suburbana e inexperiente, não sabia decodificá-lo da mesma forma que decodificaria um jovem branco do meio em que eu vivia. Tentei distraí-lo puxando conversa, mas foi complicado, considerando minha dificuldade em formar frases lógicas, quanto mais rebatê-las. Para quebrar um longo silêncio, perguntei no que ele estava pensando. Sem me olhar nos olhos, respondeu: “Se eu não fosse gente fina, você tava lascada”. Pareceu uma espécie de ameaça, ainda que sutil. Mas em vez de pedir que ele se explicasse ou que fosse embora, mudei de assunto. Momentos depois, quando ele pôs a mão na minha perna, me entreguei ao sexo, não podia suportar a ideia de que, se eu dissesse não, as coisas poderiam ficar feias para o meu lado. Acho que ele não fazia ideia do quanto eu estava relutante — o estranhamento cultural é uma faca de dois gumes — e suponho que tenha lhe ocorrido que garotas brancas meio que ficam ali deitadas e não fazem nem falam quase nada. Meu infortúnio se agravou com a extrema gentileza dele; tentava de todo jeito me deixar excitada, e isso, por motivos que não consegui compreender, partiu meu coração. Mesmo sendo tão inexperiente, saquei que ele queria curtir um momento agradável.

Algum tempo depois, descrevi esse acontecimento como “a vez em que fui estuprada”. E no instante em que disse essa frase, soube que a descrição não era precisa, que eu não tinha dito não, e que não tinha sido fisicamente forçada a nada. Ainda que, a mim, *soasse* precisa. Apesar de meus sentimentos ambíguos e até empáticos em relação ao meu parceiro não escolhido, o sexo indesejado sob efeito do ácido é um pesadelo, e me senti violada pela experiência. Algumas vezes cheguei a *elaborar* mentiras sobre o acontecido, exagerando com grosseria as palavras ameaçadoras, acrescentando violência — não por vergonha ou culpa, mas porque a versão caprichada era mais coerente com os meus sentimentos de violação do que com os fatos embaralhados. De tempos em tempos, enquanto contava a versão hiperbólica da história, eu me lembrava do homem real e fazia uma pausa interna, sem saber por que estava dizendo essas coisas ou por que pareciam verdadeiras — então continuava a contar a história. Tenho vergonha de admitir isso, porque é constrangedor e porque corrobora os piores estereótipos das mulheres brancas. Também porque temo que tal confissão seja tomada como prova de que as mulheres mentem "para se vingar". Essas mentiras foram contadas bem longe do ocorrido (saí de Detroit), e não por vingança, mas a serviço do que me parecia ser a verdade metafórica — seja lá qual fosse essa verdade, não era clara para mim, continua não sendo.

✶

Eu me lembro da minha época em Detroit, incluindo o desfecho, toda vez que ouço ou leio mais uma discussão sobre o que constitui um *date rape*. Eu me lembro disso quando mais um crítico repreende o "vitimismo" e reclama de que todas as pessoas se imaginam vítimas e não se responsabilizam mais por nada. Consigo me imaginar contando essa história na tentativa de confirmar que o estupro é ocasionado tanto por meio de ameaças sutis quanto por coação explícita. Também consigo imaginar que me apresento como mais um bebê chorão que deseja se fazer de vítima. As duas versões seriam verdadeiras e falsas. A verdade verdadeira é mais complicada do que a maioria dos intelectuais que escreveram ensaios de reprimenda ao vitimismo parece disposta a aceitar. Eu mal tinha conseguido começar a entender profundamente a minha própria história até descrevê-la para uma mulher mais velha, anos e anos depois, como prova da inconfiabilidade dos sentimentos. "Ah, mas eu acho que seus sentimentos eram genuínos", retrucou ela. "Parece que você foi estuprada. Parece que você se estuprou." Não gostei do tom, mas de cara entendi o que ela queria dizer, que tendo sido incapaz de sequer tentar me defender, de certo modo, eu tinha me violentado.

E não digo isso em um tom de autorrecriminação. Eu estava numa situação complexa: era muito jovem e despreparada para lidar com um choque cultural tão intenso entre pobreza e privilégio, com níveis tão contraditórios de poder e vulnerabilidade, muito menos para lidar com isso sob o efeito de drogas. Mas o intrincado das circunstâncias por si só não explicita minha incapacidade de defesa. Eu fui incapaz de me defender com efetividade porque nunca tinha sido ensinada a fazê-lo.

Cresci nos anos 1960 e fui ensinada pelo mundo adulto que as boas moças não fazem sexo fora do casamento e as meninas más fazem. Era uma regra clara, mas parava por aí; da forma como me foi apresentada, não abria espaço para o que eu de fato poderia sentir, querer ou não querer. Dentro dos limites dessa regra, nada fazia sentido para mim, então a deixei de lado. Em seguida apareceram as "normas" não tão claras das tendências culturais e os exemplos dos colegas, que diziam que, para ser legal, era preciso transar o máximo possível e com o maior número de pessoas possível. Essa mensagem nunca foi declarada uma norma, mas considerando a ênfase com que foi entrelaçada à etiqueta social da época (ao menos nos círculos que eu frequentava), poderia ter sido. Eu achava essa mensagem mais conveniente do que a regra do mundo adulto — ao menos podia explorar minha sexualidade —, mas ainda assim não levava em consideração o que eu realmente poderia ou não desejar.

O acontecido em Detroit, no entanto, não teve nada a ver com ser boa ou má, legal ou não. Basta dizer que uma pessoa queria algo que eu não queria. Uma vez que só havia aprendido a cumprir regras ou códigos sociais que de certo modo tinham mais relevância que a minha vontade, eu não sabia o que fazer numa situação em que as regras não se aplicam, e que ainda exigia que eu advogasse em causa própria. Nunca haviam me ensinado que minha palavra tinha alguma importância. Então me senti indefesa, inclusive vitimada, sem nem saber por quê.

Meus pais e professores tinham a crença de que as regras sociais existiam para me proteger e que cumpri-las era constituinte da responsabilidade social. Ironicamente, meus pais agiram em plena concordância às recomendações dos críticos como antídoto ao vitimismo. Disseram que me amavam e que se importavam muito comigo, mas não foi esse o recado que eu captei observando a forma como se comportavam em relação à autoridade e às convenções sociais — não era só que eu não tinha importância alguma, *eles* tampouco tinham. Nesse ponto, eram idênticos a todos os outros adultos que eu conhecia, assim como frutos do meio cultural em que viviam. Quando comecei a ter problemas na escola, de sociabilidade e aprendizado, um orientador tentou me convencer a "jogar o jogo e fim de papo" — isto é, a aceitar tudo, das normas sociais às hierarquias entre os adolescentes — a despeito do que eu entendesse como "o jogo". Minha tia, com quem morei por um tempo, chegou a queimar minha calça jeans e minhas camisetas porque violavam o que ela entendia como as normas da decência. Uma grande amiga minha vivia em pé de guerra com o pai por causa de seu corte de cabelo e das roupas hippies que usava — que eram, é claro, códigos de seu grupo de amigos. Quando descobriu que ela estava fumando maconha, ele a internou numa clínica.

Muitas pessoas da classe média — homens e mulheres — aprenderam a equiparar responsabilidade à obediência das normas externas. E quando essas regras deixam de ter serventia, eles não sabem o que fazer — bem semelhante ao protagonista armado e furioso do filme *Um dia de fúria*, estrelado por Michael Douglas, que conclui sua trajetória patética afirmando com impotência: "Eu fiz tudo que me mandaram fazer". Se eu tivesse chegado às minhas próprias conclusões sobre quais normas eram coerentes com a minha experiência individual no mundo, essas normas fariam muito mais sentido para mim. Em vez disso, em geral eu recebia uma série de declarações oficiais cristalizadas. Por exemplo, quando eu tinha treze anos, minha mãe me disse que eu não podia usar saia curta porque "boas moças não usam saias acima do joelho". Eu contestei, é claro, dizendo que minha amiga Patty usava saias acima do joelho. "Patty não é uma boa moça", retrucou minha mãe. Mas Patty *era*. Minha mãe é uma mulher muito inteligente e sensível, mas não lhe passou pela cabeça que deveria me explicar a definição do que considerava "boa", e que relação esse "boa" tinha com o comprimento da saia, e de que modo as duas definições se relacionavam com o que eu julgava ser boa ou má — e então permitir que eu chegasse às minhas próprias conclusões. Evidentemente que a maioria das garotas de treze anos não tem interesse ou capacidade de formular um discurso filosófico, mas isto não significa que os adultos não possam dar explicações mais aprofundadas às crianças. É inerente à responsabilidade aprender a fazer escolhas a partir da posição que se tem em relação ao código social e, em consequência, responsabilizar-se pelas suas escolhas. Por outro lado, muitas crianças que cresceram no meio social em que cresci receberam verdades absolutas e abstratas que foram postas diante de nós como se nossos próprios pensamentos, sentimentos e percepções fossem irrelevantes.

Recentemente ouvi um debate de feministas em um programa de rádio que defendia a aprovação de leis que proíbam os homens de fazer comentários obscenos ou tocar no corpo das mulheres na rua. Ouvintes ligaram para se manifestar a favor e contra, mas eu me lembro de uma interlocutora em especial que disse: "Sou uma mulher italiana. E se um homem toca em mim na rua, eu não preciso de lei nenhuma. Eu dou uma surra nele ali mesmo". As debatedoras ficaram em silêncio. Então uma delas respondeu com um tom hesitante: "Acho que nunca aprendi a fazer isso". Eu compreendi que a feminista podia não querer sair na mão com um homem que provavelmente era muito maior do que ela, porém se o respeito que ela tem por si mesma é abalado com tanta facilidade por um comentário obsceno feito por um cara qualquer no meio da rua, eu gostaria de saber: como supunha viver nesse mundo? Ela era exatamente o tipo de mulher que as críticas culturais Camile Paglia e Katie Roiphe ridicularizavam como as "feministas atormentadas pelo estupro"* — puritanas, frescas, senhoras vitorianas enrustidas que querem legislar so-

* *Rape crisis feminists.*

bre a ambiguidade do sexo. Foi fácil me sentir moralmente superior, e fiquei resmungando de maneira sarcástica com o rádio enquanto elas tagarelavam sobre autoestima.

No entanto, fiquei dividida. Se não conseguia me defender em uma época da minha vida, como poderia esperar que outras pessoas o fizessem? Pode-se argumentar que aquelas mulheres adultas do debate deveriam ter mais meios do que uma garota de dezesseis anos chapada de ácido. Mas essa ideia pressupõe que as pessoas evoluam num ritmo previsível e reajam às situações chegando a conclusões aceitas universalmente. Essa é a presunção crucial implícita no centro do debate sobre o estupro, assim como no discurso mais abrangente sobre vitimismo. É uma presunção que, de forma ampla, mas contundente, me lembra uma norma.

Feministas que postulam que os homens têm que receber um *sim* com todas as letras antes do sexo também estão tentando estabelecer normas, gravadas em pedra, que se aplicam a todo e qualquer encontro e que todas as pessoas implicadas devem obedecer. A nova regra é semelhante à velha regra da boa moça/menina má não só porque existe a sugestão implícita de que as garotas precisam de proteção, também por sua natureza cabal, pela negação com mão de ferro da complexidade e da ambiguidade. Eu fico indignada com essa norma, e muitas outras pessoas também ficam. E deveríamos estar tão confusas e indignadas por outra norma ter sido apresentada? Se as pessoas foram criadas sob a crença de que ser responsável é obedecer às regras, o que poderão fazer com essa lata de vermes chamada *date rape*, a não ser tentar criar regras que consideram mais justas ou úteis do que as antigas?

As "feministas atormentadas pelo estupro" não são as únicas absolutistas presentes; a crítica faz o mesmo jogo. Camile Paglia, autora de *Personas sexuais* (Companhia das Letras, 1992), já afirmou repetidamente que qualquer garota que visita sozinha uma república em um *campus* universitário e enche a cara está a caminho de um estupro coletivo, e se ela não sabe disso, bem, então é uma "idiota". A observação se destaca não só pela extrema maldade, mas pelo solipsismo reducionista. Pressupõe que todas as universitárias tiveram a mesma experiência de vida de Paglia e que chegaram a conclusões idênticas às dela. Quando fui para a faculdade, já tinha saído de casa há anos e estava mais que tarimbada na vida. Nunca fui a uma república, mas me relacionei com caras arruaceiros que viviam em cavernas que fediam a sexo e rock'n'roll. Eu ia até lá, bebia e passava a noite com meu namorado; nunca me passou pela cabeça que eu corria o perigo de sofrer um estupro coletivo e, se tivesse sofrido, teria ficado machucada e em choque. Minha experiência, embora em parte ruim, não me levou à conclusão de que garotos mais álcool é igual a estupro coletivo, e eu não era ingênua nem idiota. Katie Roiphe, autora de *The Morning After: Sex, Fear, and Feminism on Campus* [O dia seguinte: sexo, medo e feminismo no campus, de 1994], critica as garotas que, de seu ponto de vista, criam o mito da inocência falsa: "Mas será que essas garotas do século 20, criadas vendo clips da Madonna e o telejornal da noite, realmente acreditam na bondade das pessoas até serem estupradas? Pode ser que sim. Será que essas meninas, que cresceram vendo filmes de terror e cenas ostensivas de sexo nos filmes de Hollywood, são tão inocentes assim?". Eu simpatizo com a desconfiança de Roiphe, mas fico surpresa ao constatar que uma garota esperta como ela parece não saber que as pessoas processam imagens e informações a partir de uma subjetividade intrincada que não é capaz de alterar as noções que têm do que podem esperar da vida. Eu tinha fé de que esses caras em particular, em suas cavernas, não iam me estuprar, não porque eu era ingênua, mas porque eu tinha experiência o suficiente para interpretar o comportamento deles de forma correta.

Roiphe e Paglia não estão, a rigor, invocando regras, contudo seus comentários parecem derivar da crença de que todas as pessoas, exceto idiotas, interpretam as informações e elaboram a experiência da mesma maneira. Nesse sentido, não são tão diferentes daquelas senhoras que se dedicam a estabelecer regras e determinar condutas feministas para o sexo. Essas regras, assim como as antigas, pressupõem uma certa uniformização da maturidade psicológica, uma maneira correta.

A retórica acusativa e por vezes carregada de questões emocionais esconde uma tentativa não só de estabelecer novas normas, mas de codificar a experiência. É incontestável que as "feministas atormentadas pelo estupro" são porta-vozes de muitas mulheres e garotas que foram estupradas ou se *sentiram* estupradas numa ampla gama de circunstâncias. Elas não encontrariam tanta ressonância se não estivessem abordando uma experiência real e propalada de violação e dor. Ao questionar "Será que são tão inocentes assim?", Roiphe põe em dúvida a veracidade da experiência que presume abordar, pois não se enquadra na experiência dela nem na de suas amigas. Por nunca ter se sentido violada — embora afirme ter tido uma experiência que hoje muitos chamariam de estupro —, ela não consegue compreender, nem mesmo acreditar, que outra pessoa tenha se sentido violada em circunstâncias semelhantes. Ela acredita, portanto, que todo esse rebuliço seja um estratagema político ou, pior ainda, um desejo retrógrado de retomar os ideais paralisantes de uma feminilidade indefesa. Por sua vez, detratores de Roiphe, que não tiveram um "dia seguinte" bom como o dela, acham que ela é ignorante e cruel, ou uma vítima inconfessa de estupro que vive em profunda negação. Ambos os lados, crentes de que sua própria experiência constitui a verdade, parecem incapazes de reconhecer a verdade do outro.

É nesse ponto que o debate sobre *date rape* se aproxima do grande debate sobre como e por que os americanos parecem tão ávidos para se identificar e ser identificados como vítimas. Livros e artigos vieram à tona, escritos em uma linguagem confusa, mas de intimidação, ridicularizando os certinhos do politicamente correto que querem se fazer de vítimas, e os bobões mimados e autocentrados que cumprem programas de doze passos, meditam com sua criança interior e se devotam a piedosos livros de autoajuda. Toda a crítica revisionista se divertiu muito com o Movimento de Reabilitação* e se ressentiu profundamente das pessoas endinheiradas que descrevem suas infâncias como "holocaustos" e terminam por dar conselhos ferozes sobre como tornar à racionalidade antes que seja tarde demais. É raro que essa crítica faça qualquer tentativa, a não ser as mais superficiais, de compreender por que a população se comporta desse modo.

Em um ensaio bombástico e inconsistente sobre esse assunto ("Victims, All?" [Vítimas, todos nós?] outubro de 1991), que se tornou quase epítome do gênero, David Rieff expressou sua indignação e perplexidade pelo fato de pessoas abastadas se sentirem feridas e decepcionadas com a vida. Ele fez uma comparação raivosa entre americanos obcecados com sua

* Um movimento pela saúde mental, iniciado na década de 1990 nos EUA, que visava a reabilitação social e tentava reparar dependência química, transtornos mentais etc. (N.T.)

criança interior e pais do Terceiro Mundo preocupados com a subsistência de seus filhos. No nível mais óbvio, essa comparação é incontornável, mas questiono a ideia de Rieff de que o sofrimento é algo passível de definição, que ele saiba do que se trata esse sofrimento, e uma vez que alguns tipos de dor subjetiva não se encaixam nessa definição, elas deixam de existir. Essa ideia impede que ele respeite a experiência do outro — ou que consiga observá-la. Para a maioria das pessoas pode ser ridículo, e dotado de autoexaltação perversa, descrever sua infância como um "holocausto", mas tenho para mim que, quando as pessoas se expressam dessa forma, estão querendo dizer que, na infância, não tiveram o suficiente do que mais tarde foi necessário para descobrir quem de fato são ou para viver efetivamente sua vida com responsabilidade. Assim, encontram-se num estado confuso de perda que não conseguem elaborar, exceto pelo exagero — semelhante ao modo como eu mesma defini os sentimentos inexplicáveis com que tive de lidar depois do episódio que vivi em Detroit. Talvez "holocausto" seja uma definição exagerada e rudemente inapropriada. Mas usar metáforas exageradas para falar sobre dano psíquico é mais que a atitude de um bebê chorão, é o desejo distorcido de fazer com que a experiência individual surta efeito aos olhos dos outros, e tal desespero é oriundo de uma dúvida cruel quanto a se a experiência individual conta por si mesma *ou se é até mesmo real.*

No livro *I'm Dysfunctional, You're Dysfunctional* [Eu sou disfuncional, você é disfuncional, de 1993], Wendy Kaminer questiona duramente as mulheres que participam de programas de doze passos alegando terem sido metaforicamente estupradas. "É concernente à fé dizer aqui que a dor é relativa; ninguém afirma que uma mulher preferiria ser metaforicamente estuprada a ser estuprada de fato", escreve Kaminer, como se nem mesmo uma alienada mental preferisse o estupro literal ao estupro metafórico. Na verdade, eu preferiria. Cerca de um ano depois do meu "estupro" em Detroit, fui estuprada de verdade. A experiência foi apavorante: meu agressor disse inúmeras vezes que ia me matar e eu achei que o faria. Vivi um terror agudo, mas quando chegou ao fim, no fundo me afetou bem menos do que tantos outros casos mundanos de abuso psicológico sofridos por mim ou que testemunhei outras pessoas sofrerem. Honestamente, me assustaram ainda mais as experiências que tive no parquinho da escola primária. Sei que pode soar bizarro, mas, para mim, o estupro foi um ato definido por sua clareza, perpetrado contra mim por um desmiolado filho da puta que eu não conhecia nem confiava; não teve nada a ver comigo nem com quem eu era, então, quando terminou, foi relativamente fácil desconsiderá-lo. A violência psicológica é mais complicada, pois suas motivações são impossíveis de compreender, e às vezes é praticada por pessoas que dizem gostar de nós e até mesmo nos amar. Quase sempre é difícil saber se a sua conduta influi no que aconteceu e, em caso afirmativo, descobrir qual foi o tipo de conduta. A experiência *permanece*. Na ocasião em que fui estuprada, eu já tinha vivido muitas situações de abuso psicológico para saber que o estupro, embora terrível, não era terrível a ponto de impedir que eu me recuperasse rapidamente.

De novo a minha reação talvez pareça estranha, mas sou partidária da ideia de que a dor pode ser uma experiência que desafia a codificação. Se milhares de americanos afirmam sofrer de dores psíquicas, eu não me apressaria em classificá-los como otários autoindulgentes. A metáfora "criança interior" pode ser tola e esquemática, mas está prenhe de subjetividade fluida, sobretudo quando transmitida ao mundo por uma noção tão populista quanto "recuperação". Jargões ubíquos de movimentos de reabilitação como "Somos todos vítimas" e "Somos todos codependentes" parecem não abrir espaço para a interpretação, e no fundo são tão vagos que imploram por interpretação e influência. Essas frases caem facilmente no ridículo, mas é raso julgá-las por seu valor nominal, como se tivessem o mesmo significado para todos. O que se entende por "criança interior" depende da pessoa que enuncia, e nem todos a interpretarão como uma metáfora para o desamparo. Desconfio que a maioria dos diletantes da criança interior emprega a imagem de si como criança não para que possa *evitar* ser responsabilizada, mas para apreender a responsabilidade em retrospecto à época em que deveria ter sido ensinada a ter responsabilidade — habilidade de pensar, escolher e defender-se — mas não foi. Presumo que o objetivo de detectar uma "criança interior" é localizá-la numa parte de si que não se desenvolveu na idade adulta e, por consequência, desenvolvê-la por conta própria. Se funciona ou não é bastante questionável, mas é uma tentativa de assumir a responsabilidade, não de evitá-la.

Entre o fim da adolescência e a casa dos vinte anos, eu não suportava ver filmes ou ler livros que julgava de alguma forma degradantes às mulheres; refletia sobre as coisas que via ou lia e avaliava se expressavam corretamente as atitudes das mulheres — ou atitudes que eu *achava* que expressavam. Eu era uma tremenda feminista politicamente correta antes de o termo existir, e com a régua da compreensão que tenho do mundo hoje, minha rigidez crítica derivava da incapacidade que eu tinha de ser responsável pelos meus sentimentos. Nesse contexto, ter sido responsável significaria certa permissão para sentir qualquer desconforto, indignação ou repulsa pelas situações vividas, sem permitir que esses sentimentos determinassem todas as minhas reações a uma dada obra. Em outras palavras, lidar com meus sentimentos e os fatores que os desencadeavam, em vez de esperar que o mundo exterior os mitigasse. Eu poderia ter feito a escolha de não enxergar o mundo pelas lentes de minha infelicidade pessoal, e ainda assim ter mantido algum respeito por minha infelicidade. Por exemplo, eu poderia ter escolhido evitar certos filmes ou livros para ser coerente com meus sentimentos sem culpar o filme ou livro por despertarem em mim tal e tal sensações.

Minha irresponsabilidade emocional não brotou da necessidade de me sentir vítima, embora talvez assim tenha parecido a outra pessoa. Em essência, eu estava reproduzindo a atitude que observava na crítica cultural mais convencional; foi com essa crítica que aprendi a ver obras de arte em relação às mensagens que transmitiam e, mais que isso, que essa mensagem poderia ser julgada com base no consenso que define o que a vida é, e como deve ser vista. Minhas ideias, assim como a maioria das ideias do politicamente correto, eram só um pouco diferentes das convenções — só ajustavam um pouco os parâmetros da razoabilidade.

Não houve grandes mudanças: ao menos metade das resenhas de livros e filmes que tenho lido exaltam ou aviltam uma obra com base na empatia pelos personagens (como se a empatia fosse um consenso) ou se o ponto de vista do autor em relação à vida é ou não "afirmativo" — ou sabe-se lá o que a crítica acredita ser a atitude correta em relação à vida. O extenso e um tanto histérico debate em torno do filme *Thelma & Louise*, no qual duas mulheres comuns viram bandidas depois que uma delas atira no suposto estuprador da outra, baseou--se na ideia de que as histórias deveriam funcionar como manuais de instrução, e que só era possível dizer se um filme era bom ou ruim caso essas instruções estivessem corretas. Tal crítica presume que espectadores ou leitores precisam estar familiarizados com certo tipo de universo moral que reflita sua própria vida, ou, sendo os sacos vazios que são, eles poderiam ficar confusos ou deprimidos ou etc. Um respeitado ensaísta *mainstream*, ao escrever para a *Time* sobre meu romance *Two Girls, Fat and Thin* [Duas garotas: a gorda e a magra], criticou o livro pela sordidez das personagens masculinas, fato que julgou ser uma asseveração moral dos homens de um modo geral. Terminava o artigo expressando um desejo ardente de que a ficção não "reduza" homens ou mulheres, mas que busque "elevar a visão que temos" de ambos — em outras palavras, que deveria apresentar o caminho "certo" para o leitor, que aparentemente não tem responsabilidade o suficiente para descobrir sozinho.

Eu mudei bastante desde aquela adolescente politicamente correta que abandonava filmes por retratarem as mulheres sob uma luz degradante. À medida que fui envelhecendo, passei a ter mais confiança em mim mesma e na capacidade que adquiri de avaliar o que acontece comigo, e essas imagens deixaram de ter uma carga emocional tão pesada; elas não me *ameaçam* como antigamente. Não que eu ache que estou em segurança, que não posso ser abatida pela misoginia em suas mais variadas formas. Fui e ainda posso ser. Mas não tenho mais o temor de que as representações artísticas dessas aversões me afetem visceralmente, sobretudo se forem representações verdadeiras de como o artista ou a artista enxerga o seu entorno, incluindo os elementos desagradáveis. Histórias ou imagens como essas me ajudam a compreender, a tatear os recantos sórdidos que existem em mim, a divisar a angústia e a violência dos pontos de vista alheios, mesmo que a vista seja privilegiada. A verdade muitas vezes dói, mas na arte sempre tem grande serventia, às vezes age profundamente.

Considero minha visão atual mais equilibrada, o que não invalida meus sentimentos prévios. Naquela época, o que me impedia de assistir ao "desrespeito às mulheres" era o fato de que tais representações estavam muito próximas de minha experiência mais danosa, e elas me faziam sofrer. Eu só estava dando uma demonstração simplista de amor-próprio ao optar por não me sujeitar a algo que eu não estava pronta para enfrentar. Ao ser incapaz de separar a experiência pessoal do que via na tela, eu não estava lidando com a minha experiência pessoal — pois creio que, paradoxalmente, ainda não tinha aprendido a avaliá-la. É difícil se responsabilizar por algo que não tem valor. Alguém que me criticasse por ser dogmática ou tacanha teria razão, mas essa razão ignoraria a verdade da minha experiência ainda não reconhecida, portanto, teria me ignorado.

Muitos críticos da autoajuda têm o contra--argumento de que não se pode tratar a realidade emocional ou metafórica como se fossem equivalentes à realidade objetiva. Eu concordo que são díspares. Mas a verdade emocional está frequentemente atada à verdade do tipo mais objetivo e deve ser levada em consideração. Isto é ainda mais verdadeiro quando se trata de enigmas como *date rape* e vitimismo, assuntos que amiúde são discutidos em relação a suposições inconfessas em torno da verdade emocional. Sarah Crichton, em matéria de capa para a revista *Newsweek* intitulada "Sexual Correctness" [Retidão sexual], descreveu esse "desvio insólito" abraçado por certas feministas e insinuou que "não estamos criando uma sociedade de Bravas Mulheres Jovens. Mas de Menininhas Medrosas". O comentário é desdenhoso e superficial; parece desinteressado do *porquê* desse medo sentido pelas meninas. De acordo com tal lógica, presume-se que a braveza é implicitamente considerada o estado emocional mais conveniente porque pressupõe mais força, e o *medo* é usado como um pejorativo. É possível constranger uma pessoa a ponto de que esconda o medo que sente, mas, quando não se discute a causa desse medo, ele não se dissipará. Crichton encerra seu artigo assim: "As pessoas que estão crescendo em ambientes nos quais as regras a seguir não precisam ser compreendidas, afinal basta que sigam o prescrito, são privadas da lição mais importante da vida. Que é a de como se deve viver". Eu não poderia estar mais de acordo com ela. Porém, a menos que a pessoa tenha sido ensinada a pensar por si mesma, encontrará muita dificuldade para atinar suas próprias regras, e sentirá medo — em especial quando existe o risco real de agressão sexual.

Depois da experiência que tive em Detroit, passei a ser bem mais cautelosa em situações que envolvessem ficar chapada ou bêbada com estranhos. Nunca mais tive outra experiência que pudesse classificar como *date rape*. Mas às vezes me via fazendo sexo com pessoas que mal conhecia em situações que não desejava tanto assim. E algumas vezes o fazia pelo mesmo motivo que o fiz em Detroit: sentia um medo insondável de que as coisas iriam piorar para o meu lado se eu dissesse não. Noutras, o motivo era diferente, e pode ter uma relação sutil com o motivo anterior: parte de mim desejava a aventura, e esse lado mais atirado atropelou o lado mais sensível e retraído. E aposto que o mesmo ocorreu com muitos dos rapazes com quem dividi essas experiências. Independentemente do gênero, todas as pessoas guardam tanto traços mais fortes e questionadores quanto traços mais delicados. E caso a pessoa não tenha desenvolvido bem ambos os lados, de modo a se respeitar e a respeitar os outros, achará difícil se responsabilizar por *qualquer* dos sujeitos em questão. E acho inviável que esse desenvolvimento pessoal ocorra quando se está preocupado em seguir normas ou códigos que não dão importância suficiente à subjetividade.

Não sou idealista a ponto de acreditar que um dia viveremos num mundo sem estupro e outras formas de violência sexual; acho que homens e mulheres sempre terão que se esforçar para ter um comportamento responsável. Acho que esse esforço poderia ser menor caso mudássemos a forma de ensinar responsabilidade e conduta social. Ensinar a um menino que o estupro é "ruim" não é tão eficaz quanto fazê-lo compreender que o estupro é a violação de sua dignidade masculina, bem como a violação da dignidade da mulher estuprada. É claro que crianças não conhecem palavras complicadas e que adolescentes não estão muito interessados no assunto dignidade. São questões que as crianças têm mais facilidade de aprender por meio de exemplos, e o aprendizado pelo exemplo é duradouro.

Quando eu tinha trinta e poucos anos, convidei um homem com quem mantinha uma amizade casual há uns dois anos para jantar na minha casa. Tínhamos saído para jantar e tomar uns drinques nas poucas vezes em que estive na Costa Leste dos Estados Unidos; morava na Costa Oeste e ele estava de passagem, então entrou em contato comigo. Na versão original deste ensaio, escrevi que "eu não tinha nenhuma intenção de ter um envolvimento sexual com ele", mas está mais próximo da verdade dizer que, de um jeito ou de outro, eu não tinha grandes intenções. Ele era dez anos mais novo e eu fiz uma pressuposição errônea de que ele não tinha interesse numa mulher da minha idade — tampouco eu o via com interesse. Mas depois do jantar fomos lentamente ficando bêbados e em seguida já estávamos dando uns amassos no sofá. Eu fiquei indecisa não só porque estava bêbada, e sim porque logo me dei conta de que embora parte de mim estivesse a fim, o que restava de mim não estava. Então passei a dizer não. Ele rebatia cada não com um gracejo e foi ficando mais agressivo. Relevei e fui deixando rolar porque fiquei comovida e encantada com a doçura da aura colegial que permeava a situação. A certa altura comecei a ficar apreensiva, e ele passou a dizer e a fazer coisas que me deixaram assustada. Eu não me lembro da sequência exata de palavras e ações, mas me lembro de segurar uma de suas mãos entre as minhas e de, olhando-o nos olhos, dizer: "Se isso aqui acabar em luta, é claro que você vai vencer, mas pode ser ruim para nós dois. É isso mesmo que você quer?".

Ele mudou de expressão e baixou os olhos; logo depois foi embora.

Na versão original deste ensaio, eu não mencionei que no dia seguinte, ao acordar, eu não conseguia parar de pensar nele, e que quando ele me ligou, eu o convidei para jantar mais uma vez. Eu não mencionei que tivemos um caso pelos dois anos subsequentes. Eu só sustentei a informação de que considerava minha decisão responsável "porque tinha sido tomada levando em conta minhas vulnerabilidades e meus impulsos carnais", e que eu "também respeitei meu amigo me endereçando aos dois lados de sua natureza". Eu ainda tenho a versão original. Mas ao omitir as consequências dessa decisão "responsável", estava transformando a ambiguidade da situação em clareza extrema e, no fundo, enfraquecendo meu próprio argumento de que se tratava de uma discussão sobre justeza e não sobre uma negociação subjetiva fluida que considero preponderante à responsabilidade individual.

Na versão original deste ensaio, as últimas linhas que escrevi diziam assim: "Hoje em dia não é mais tão difícil tomar decisões, mas levei um bom tempo para conseguir isso. Lamento que tenha demorado tanto, lamento pela versão mais jovem de mim mesma e pelos rapazes com quem me relacionava, em circunstâncias que agora julgo desrespeitosas a todos os envolvidos". Mas a verdade é que não me arrependo da maioria das experiências que tive, nem das mais banais. Elas são parte do que eu sou. A única experiência da qual me arrependo é aquela que tenho mais viva na memória: a de Detroit. Pois, pelo que me lembro dele, aquele jovem negro periférico não era um estuprador. Ele estava chapado de ácido e não conseguia se comunicar, assim como eu. Se eu o tivesse segurado pelas mãos e, olhando-o nos olhos, dito uma versão do "Pode ser ruim pra nós dois. É isso mesmo que você quer?", o desfecho poderia ter sido outro. Não posso afirmar. Mas me arrependo de não ter sido capaz de tentar, e, por outro lado, de ter mentido. Para além de qualquer ato sexual, essas mentiras foram "desrespeitosas a todos os envolvidos".

Harper's, 1994*

* Este ensaio foi publicado originalmente na edição da revista *Harper's* de março de 1994 sob o título "On Not Being a Victim: Sex, Rape, and the Trouble with Following Rules". (N.T.)

MARY GAITSKILL nasceu em 1954 em Lexington, Kentucky, nos Estados Unidos. É autora de diversos volumes de contos, entre eles *Because They Wanted To* e *Mau comportamento* (Fósforo, 2021), e romances, dentre os quais *Veronica* e *Two Girls, Fat and Thin*. Publicou também ensaios e contos em revistas literárias como *The New Yorker*, *Harper's*, *Artforum* e *Granta*.

EDITORAS Rita Mattar e Fernanda Diamant
COORDENAÇÃO EDITORIAL Juliana de A. Rodrigues
ASSISTENTES EDITORIAIS Cristiane Alves Avelar e Mariana Correia Santos
PREPARAÇÃO Tamires von Atzingen
REVISÃO Paula B. P. Mendes e Anabel Ly Maduar
PRODUÇÃO GRÁFICA Jairo da Rocha
CAPA Beatriz Dorea
IMAGEM DE CAPA Imagem da p. 267 do livro *Plastic Surgery: Its Principles and Practice* (1919)
PROJETO GRÁFICO DO MIOLO Alles Blau
EDITORAÇÃO ELETRÔNICA Página Viva

Dados Internacionais de Catalogação na Publicação (CIP)
(Câmara Brasileira do Livro, SP, Brasil)

Gaitskill, Mary
Isso é prazer + A dificuldade de seguir as regras / Mary Gaitskill ; tradução Bruna Beber. — São Paulo : Fósforo, 2021.

Título original: This Is Pleasure + The Trouble with Following the Rules.

ISBN: 978-65-89733-46-1

1. Ficção norte-americana I. Título. II. Título: A dificuldade de seguir as regras.

21-85179 CDD – 813

Índice para catálogo sistemático:
1. Ficção : Literatura norte-americana 813
Eliete Marques da Silva — Bibliotecária — CRB/8-9380

Editora Fósforo
Rua 24 de Maio, 270/276, 10º andar, salas 1 e 2 — República
01041-001 — São Paulo, SP, Brasil — Tel: (11) 3224.2055
contato@fosforoeditora.com.br / www.fosforoeditora.com.br

Este livro foi composto em GT Alpina
e GT Flexa e impresso pela Ipsis
em papel Pólen da Suzano para a
Editora Fósforo em outubro de 2021.

A marca FSC® é a garantia de que a madeira utilizada na fabricação do papel deste livro provém de florestas gerenciadas de maneira ambientalmente correta, socialmente justa e economicamente viável e de outras fontes de origem controlada.